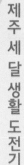

제주로 은퇴하다니 재주도 좋아.

유쾌한 퇴사 여행 국내편

제주 세 달 생활 도전기

박경식 지음

지구여행가 깍두기 씨의 좌충우돌 제주살이 도전기!

희망을 해서든 명예를 지키려는 알량한 의도이든 평생을 다닌 직장에서 전직이 아닌 퇴직을 한다는 건 보기에는 쉬워도 결행하기까지는 셀 수 없는 날들을 뜬눈으로 보내야 하는 일이다. 훌쩍 날린 사표가 처리도 되기 전에 남은 연차를 홀라당 써서 제주로 왔다. 막 석 달을 제주에서 살았다. 은퇴를 고민하는 내내 답답하고 숨이 막혔다. 가랑비처럼 생각이 오락가락했다. 결정하고 나서도 지나간 버스를 하염없이 쳐다보는 심정이었다. 그랬는데, 제주에 와서 막혔던 숨통이 탁 트였다.

_본문 중에서

FESTBOOK
MEDIA

박경식

29년을 다닌 직장에서 퇴직하고 제주에서 석 달을 살고, 지금은 동남아 여섯 개 도시를 돌며 여섯 달 살이를 하고 있다. 퇴직을 앞둔 복잡한 심경을 첫 책, 〈사표를 날렸다. 글을 적는다〉에 재미있게 담았으나 예상대로 많이 팔리진 않았다. 이에 굴하지 않고 두 번째 책, 〈재주도 좋아. 제주로 은퇴하다니〉를 출간했다. 지구 곳곳을 돌아보겠다는 야무진 꿈을 가진 지구여행가 깍두기 씨는 쉬지 않고 글을 쓰고 계속해서 책을 낼 계획이다. 지구 여행기는 네이버 블로그 〈지구여행가 깍두기〉에서 볼 수 있다.

▶ 〈지구여행가 깍두기〉 네이버 블로그 바로가기

재주도 좋아 / 제주로 은퇴하다니

차례

제주행 티웨이항공 TW9717

짐을 싼다. 평생 모은 짐을 다 버리니 한 움큼만 남았다. 양복이며, 와이셔츠며, 계절 옷들을 버리면서 옷이 인간에게 거의 전부라는 생각을 했는데, 남은 짐 가운데도 옷이 대부분이다. 몸 치장하는데 많은 수고를 하는 게 인생이다. 이제부터는 여행용 캐리어에 들어갈 짐만 들고 다닐 계획이다. 내 생에 딱 그만큼의 무게만 감당하련다. 회사를 그만두니 머리가 텅 빈 듯 맑아졌다. 잠도 편하고, 꿈자리도 봄날 살랑거리는 보리처럼 잔잔하다. 버렸으니 그런 것이겠지. 여행용 캐리어 하나에 평생 쓸 물건들을 담아 길을 나선다. 참으로 오랜 시간 갈망했던 순간이다. 벅차다.

김포공항 햇살이 좋다. 13시 20분에 출발하는 티웨이 9717편을 탄다. 31,000원짜리 비행기다. 제대로 가겠지. 싸다고 막 여기저기 들러서 가는 완행이 아니어야 할 텐데. 8,900원짜리 비행기보다는 비싼 것이니 안심하자. 신분증을 바꿔야겠다. 얼굴을 쳐다보더니 주민번호 외워보란다. 머리를 빡빡이로 해서 신분증 사진보다 더 잘생겨진 탓이리라. '용모 변경'을 이유로 신분증을 바꿀 수 있다던데, 제주에 가면 얼른 해야겠다. 하늘에서 내려다보는 제주 바다가 호수처럼 맑다.

지구 여행 첫 도시, 제주에 도착했다. 비행기 꽁지에 탔더니 나가는데 부지하세월이네. 이래저래 삶은 기다림이다. 숙소까지 바다를 끼고 갈 것인가, 한라산을 질러 갈 것인가, 고민을 하다가 산길을 택했다. 111번 버스를 타고 성산으로 간다. 일출봉 코앞에서 살 계획이다. 맨날 태양하고 맞짱떠야지. 버스 창으로 풍경이 스쳐 지나간다. 높다란 시내버스에 앉았으니 볼 수 있는 광경이다. 작달만한 승용차에서는 누리지 못할 호사다. 2천 원에 짐도 실을 수 있고, 운전도 해주고, 음악도 틀어주네.

숙소에 짐을 풀고 동네 순찰을 나간다. 오늘은 크게 한 바퀴 대충 돌아보자. 해 뜨는 성산포에 해가 저문다. 성산포에서는 일출과 일몰을 동시에 볼 수 있다. 나오니 또 새로운 세상이다. 돌고 돌다 한적한 바에 앉았다. 재즈풍의 크리스마스 캐럴이 흐른다. 손님이라고는 나 한 명 밖에 없는 운치 있는 성산포 와인바에, 근 30년 양복에 넥타이에 반짝이는 구두를 신었던 중년의 사내가 와인 한 잔을 두고 마실까 말까 고민을 하며 앉아있다. 한겨울 따뜻한 봄 같은 성산포에 바람은 불고 파도는 치는데, 금주(禁酒)는 개뿔. 첫걸음이 어렵기는 한 살 때나 오십 중반이나 도긴개긴이다.

성산포에서 자리 잡기

성산일출봉을 오른다. 어둠에 잠긴 성산을 지구에 딸린 행성인 달이 겨우 비추고 있다. 정상에 오르니 사람들 몇이 옹기종기 모여 해를 기다리고 있다. 나만큼 부지런하고 특이한 사람들이다. 해는 완전히 떠올랐을 때보다 떠오르기 직전이 더 황홀하다. 손을 잡을 때보다 잡을까 말까 망설일 때가 더 짜릿한 것처럼 말이다. 해를 기다리며 두런두런 나누는 대화가 바람을 타고 흐른다. 사람들이 "온다. 아, 온다."라며 소리치자 해가 떠올랐다. 성산일출봉에 탄성이 울린다.

변수가 생겼다. 숙소가 너무 춥고, 썰렁하다. 인터넷으로 방을 알아본 것이 실수였다. 성산포를 이잡듯 뒤지고 다닌다. 민박이라고 쓰여있는 집 문을 두드리며 탐문을 한다. "방 있어요? 얼만데요?" 다니는 김에 가가호호 사는 데 문제는 없는지 민생도 함께 살펴야겠다. 그분이 안 하시니 나라도 해야 하지 않겠는가. 돌아다니다 보니 방을 구하러 다니는지 관광하러 다니는지 헷갈리네. 변수를 만나는 것이 곧 여행이다.

방을 구했다. 월 45만 원짜리다. 창문을 여니 멀리 우도가 보이네. 이사도 끝냈다. 캐리어 하나만 옮기면 되니 금방 끝났다. 포장 이사 수준이다. 주인아주머니가 고기잡이배 타러 왔냐고 물으신다. 놀러 왔다고 하니 뭐 하러 한 달이나 노느냐고 놀라신다. 흐흐, 계속 놀 건데. 우도가 소처럼 바다에 누워있다. 오늘은 성산을 걷고, 내일 우도로 가야지.

오조리에서 보는 성산일출봉이 어린 왕자에 나오는 코끼리를 삼킨 보아뱀을 닮았다. 걷다 보니 식산봉(58.6m)이다. 정상에 서니 소나무 사이로 보이는 경치가 좋네. 길이 올레길 2코스로 연결되는데, 운치가 있으면서도 단아하다.

매일 놀면 금방 바보가 될 수 있으니 일주일에 하루는 도서관을 다녀야겠다. 성산일출도서관을 답사했다. 좋구먼. 도서관에서 광치기해변을 따라 집으로 간다. 동네가 강남보다 낫다. 나, 이런 동네 사는 사람이어유. 헬스장도 등록했다. 한 달에 8만 원인데, 시설이 신식이네. 이름도 멋지다. MOVEMENTAL LAB. 기구가 손에 익으려면 며칠 걸리겠다. 열심히 쇠질해서 알통을 더 동그랗게 키워보자고.

하나로마트에 들러 생수랑 휴지랑 제주 쓰레기봉투랑 비누랑 샀다. 비록 단칸방이지만, 집이라고 들어와서 누우니 좋으네. 좀 쉬었다가 성산포 밤바다를 보러 나갔다. 오늘 일몰은 싱겁네. 바다를 따라 걷다가 집으로 왔다. 따님이 전화를 해서 밥잘 챙겨 먹으라고 쌀라쌀라 한다. 알았다고 귀찮은 듯 대답을 했다. 그래야 마음이 놓이겠지. 제주 밤이 깊어간다.

성산포에서 섭지코지와 신양 포구 지나서 온평 포구까지

스페인어 숫자 1에서 15까지 외웠다. 오늘은 길에서 만나는 모든 숫자들을 스페인어로 말해 봐야겠다. 듣는 사람도 없으니 큰소리로. 성산일출봉 서쪽에서 태양과 맞짱을 뜨고서 헬스장에 운동하러 간다. 아침 햇살을 받으며 낚시꾼이 홀로 서 있다. 담대해 보인다. 운동하고 와서 단칸방을 뽀득뽀득 닦았다. 내가 나중에 방 비워주면 주인아주머니가 깜짝 놀라실 거다. 방이 백옥처럼 되어 있을 테니까.

제주도 바다를 따라 걸어서 한 바퀴 돌 계획이다. 올레길과 겹치기도 하겠지만 올레길을 걷는 건 아니고, 해안 도로를 따라 뺑그르르 걸어 볼 요량이다. 얼마나 걸리려나. 오늘 성산포를 출발하는 첫걸음이다. 광치기 해변을 지나 섭지코지 방향으로 걷는다. 광치기 해변에 물이 빠지면 매우 멋있다고 하던데, 오늘은 바닷물이 가득하네. 물때는 어떻게 알 수 있는 거.

사람들은 여유를 갈망한다. 시간도 여유 있고, 돈도 여유 있기

를 간절히 희망하면서 여유 있어지는 그 순간을 향해 질주한
다. 모든 것을 참아내면서 말이다. 사람들은 외로움을 싫어한
다. 무슨 큰 병이라도 되는 듯 외로움을 멀리한다. 사실은 말이
야. 여유는 곧 외로움인데도 사람들은 이를 모른다. 홀로 있는
여유로운 외로움을 갈망하라. 홀로 있을 수 있다는 건 시간과
돈에서 해방되는 것이다. 여유는 외로움을 친구 삼을 수 있을
때 찾아온다.

성산일출봉은 바다로 향하는 용이다. 용 꼬리에 사람들이 다닥
다닥 건물을 올리고 아웅다웅 살아간다. 불어오는 바람과 부딪
히는 파도는 일출봉이 다 막아준다. 아버지처럼 어머니같이.
부모는 사는 걱정에 한숨인데, 철모르는 해맑은 아이들처럼 사
람들은 일출봉 꼬리에 딱 붙어 살아간다. 섭지코지에서 성산포
를 보면 그리 보인다. 핸드폰으로 사진을 찍었더니 눈으로 보
는 것만 못하네.

섭지코지, '좁은 땅'이라는 뜻의 섭지와 '곶'이라는 코지가 합쳐
진 말이다. 섭지코지 앞에는 바위가 차렷 자세로 서 있다. 이곳
에는 건축가 안도 다다오가 설계한 건물이 있다. 한때 지구에
서 하나밖에 없는 집을 짓겠다고 막 설칠 때 이 사람 건축을 보
겠다고 일본 다카마쓰까지 갔었다. 지금은 다 버리고 캐리어
하나 달랑 들고 떠돈다.

섭지코지에서 나와서 내 몸매를 연상하게 하는 S자 길을 따라
신양 포구로 향한다. 신양 포구 물 색이 심상치 않게 좋다. 사
장님이 이병헌을 닮은, 사진에 진심인 〈하와이안비치로스터
리 카페〉에 들렀다. 날 보더니 어디서 본 것 같다고 아는 척하
신다. 커피 주면서 허름하게 생긴 귤도 같이 먹으란다. 이런저
런 대화를 나누다가 한창 일할 나이에 은퇴했다고 혼났다. 장
사 같은 거 하지도 말란다. 알고 보니 동갑이다. 자주 올 분위
기다.

날이 흐려진다. 제주는 해가 나면 봄날이고, 흐리면 차가운 늦가을 날씨다. 빨간 지붕에만 해가 떨어지는 듯하다. 내가 걷는 길 저 멀리서 상서로운 빛, 서광이 비친다. 길은 말이야, 걷는 사람의 몫이거든. 걷지 않는 사람에게 길은 무용지물이지. 온평 환해장성에서 올레길과 만나네. 오늘 걸음은 온평 포구에서 마친다. 깍두기 씨 입맛 맛집 〈성산 덕이네〉에서 맛나게 먹고 온평 초등학교 앞에서 201번을 타고 집으로 간다.

여기서 잠깐, 버스 타고 가다가 광치기 해변 생각이 났다. 오전에 물이 가득했으니 지금쯤 썰물이려니 해서 무작정 버스에서 내렸다. 내 삶에 얼마 안 되는 바른 선택이었다. 아, 간조 광치기는 만조와는 딴 풍경이었다. 해는 기울고 빗방울은 떨어지는데, 은퇴한 중년 아저씨는 홀로 녹색 바다를 한참이나 바라본다. 바람 부는 바닷가에 쪼그리고 앉아서. 하루가 또 이렇게 저문다.

장외인간

밤새 바람이 심하게 불었다. 창문이 덜거덕덜거덕 흔들렸다. 제주 아니랄까 봐. 빨래방에서 빨래가 돌아가는 동안에 경치 구경을 한다. 오늘은 흐려서 일출이 그다지 좋지 않았는데, 정작 일출을 방해한 구름이 풍경을 만드네. 노란 유채꽃이 찬바람에 기특해 보이고, 성산항 위 구름이 도넛을 떠올리게 해서 식욕을 돋우네. 해를 보겠다고 성산일출봉 꼭대기에 오른 사람들은 헛걸음했겠다. 운동했다고 생각하시라.

오조리로 길을 잡아 성산일출도서관으로 간다. 바람이 엄청 불어댄다. 팔 벌리고 있으면 날아갈 것 같네. 꽃들도 머리통을 땅에 박을 정도로 휘청거린다. 고단하지? 힘내라. 해줄 수 있는 것이라고는 겨우 말 몇 마디뿐이다. 서운해 마라. 나 살기도 버거운 게 삶이니 기대는 서로 안 하기로 하자. 각자 생긴 대로 능력대로 살자. 격려한다고, 걱정한다고, 깊이 개입하지도 말고. 그건 그렇고, 도서관 가는 길이 이리 예뻐도 되는 겨.

이외수 장편소설 〈장외인간〉을 읽는다. "시인이 사물에 대한

간음의 욕구를 느끼지 못한다면 시가 발기부전증에 걸린다."라는 말은 참으로 이외수답다. 내가 '답다'라는 단어를 써도 될지 모르겠지만, 어쨌든 그다운 표현이다. "미국 사람들은 우주선을 타고 달에까지 직접 날아가 지표에 천박한 성조기를 꽂았고 한국 사람들은 툇마루에 앉아 막걸리를 마시면서 지표에 우아한 계수나무를 심었지요." 이 표현도 참 좋다. 아, 술이 당기네. "아무리 하찮은 것들이라도 사라져버린 것들은 모두 나름대로의 아름다움을 간직하고 있으며, 그 사실을 자각하는 사람들에게는 반드시, 그것들이 간직하고 있던 아름다움과 동일한 깊이의 상처를 남긴다." 맞는 말이군.

졸려서 잠시 밖에 나가 동백이랑 놀다가 들어왔다. "그녀의 지론에 의하면, 낭만이 사라지기 때문에 사람들의 가슴이 삭막해지고, 사람들의 가슴이 삭막해지기 때문에 세상이 황무지로 변하고, 세상이 황무지로 변하기 때문에 소망의 씨앗들이 말라죽는다. 한 페이지의 낭만이 사라지는 순간에 한 모금의 음악이 사라지고, 한 모금의 음악이 사라지는 순간에 한 아름의 사랑 또한 사라진다." 지극히 당연한 말이다. 공감을 날린다. 낭만을 위하여! "세상을 살아가면서 끊임없이 사유의 찌꺼기를 걸러내지 않으면 나이를 아무리 먹어도 탐욕과 이기의 칡넝쿨을 걷어내지는 못한다." 바르게 늙어야 하는데 고민이다.

글을 읽는다는 건 뻘밭에서 조개를 캐는 것이요, 산속에서 버섯을 따는 일이다. 쾌감이 보통을 넘는다. 가슴으로 훅 들어오는 문장을 만나면 우아한 여인이 내게 눈길을 주는 것처럼 설렌다. 한편으로는 그런 글을 쓴 이가 부럽고, 또 한편으로는 글을 낳느라 고생했을 생각에 짠하다. 이 세상에는 뭐 하나 공짜로 떨어지는 게 없다. 광치기 해변 쪽으로 길을 잡아 집으로 간다.

다람쥐가 쳇바퀴를 돌릴 때는 내가 왜 이런 걸 하고 있어야 하냐, 씩씩거리다가도 막상 쳇바퀴에서 내려오면 무료해서 다시 스스로 쳇바퀴에 오르려 한다. 할 수 있는 게 달리 없거든. 내일 뭐 하지, 이런 생각이 쳇바퀴를 그리워한다는 증거다. 아, 오늘이 일요일이구나. 그래서 한적했던 거였어. 관광객들이 썰물처럼 빠져나간 성산포 거리에 저무는 해가 아쉬운 듯 서성거린다.

온평 포구에서 표선 해수욕장까지

오늘은 성산 일출을 꽃과 함께 본다. 꽃이 보는 시선으로 나도 보려고 땅바닥에 엎드려 있었더니 배가 시리네. 구름에 가려 동그란 해는 안 보인다. 매번 일출을 볼 수 있는 게 아니었어. 우연히 한 번이었는데, 언제나 그런 줄 여기고 산다. 우연히 사랑이 예뻤는데, 언제나 사랑은 예쁜 줄 아는 것처럼. 헬스장 갔다 왔는데 싱크대 손잡이에 얼룩이 보이네. 저건 용서 못 하지. 백옥으로 만들어야겠어.

722-2번 타고 온평 포구로 간다. 낯선 타지에서 대중교통만 정확하게 꿰차도 사는 거 진짜 편하거든. 게다가 버스는 빙빙 돌아다녀서 이곳저곳 구경하기도 좋고. 가격도 싸니까 또 좋고. 장모님이 문자를 보내서 건강하게 잘 놀고 있냐며 궁금해한다. 걱정 마시라 했다. 온평 포구로 들어가는 길이 운치가 있네. 〈성산덕이네〉에서 밥 먹고 출발한다. 배부르다. 안 터지겠지. 설마.

올레길 3코스와 길이 겹친다. 바다를 따라가는 3-B 코스를 걸는다. 흐리다. 밥 먹은 사진을 가족톡에 올렸더니 따님이 맛집 많이 알아 놓으란다. 이게 맛집이냐고 따질까 봐 대답 안 했다. 바닷가에 널어놓은 오징어 너머로 성산일출봉이 보인다. 바다를 그리워하는 오징어, 그러게 왜 잡혔냐고. 바다가 왜 바다인가. 인간의 희로애락을 몽땅 '받아' 준다고 바다다. 근거가 있는 말이냐고 묻고 싶겠지만 궁금하시면 와서 직접 바다에게 물어보세요. 큰 소리로요.

환해장성. 제주도 해안선을 따라 쌓은 성이다. 성(城)은 싸움을 전제로 한다. 성을 넘으려는 자와 넘지 못하게 막아야 하는 자의 싸움이다. 싸움은 하나밖에 없는 목숨을 걸어야 하니 슬픔이다. 제주도는 약탈을 당한 슬픈 섬이다. 환해장성이 그 증거 가운데 하나다. 비 온다. 〈신산리 마을카페〉에 들러 커피도 마시고 비도 피한다. 비 맞은 올레꾼들이 한 움큼 모여있네. 커피 잔에 예쁜 문구가 쓰여 있다. "우리의 행복한 순간은 언제나 지금이다."

비가 그쳤다. 올레길을 걷는 모녀가 사진을 찍어 달란다. "어머, 어머. 사진 잘 나왔어요." 고마운 반응이다. '야매'로 대충 걸으신단다. 그게 맞는 거라고 맞장구쳤다. 완주할 사람 완주하고, 대충 걸을 사람 대충 걸어도 된다. 그게 사는 거다. 삶에 정해진 형식은 없다. 걷다가 또 만났다. 또 찍어 달란다. 마구 찍어드렸다. 사진을 어떻게 잘 찍냐고 묻는다. 카메라를 피사

체에 대기 전에 제목을 먼저 생각하라고 말했다. "어머머. 귀에 쏙 들어오네." 길거리 강의를 성황리에 끝냈다. 안산에서 오신 두 분 행복해 보였어요. 계속 행복하실 겁니다.

올레길 3코스에 있는 신풍 목장. 넓은 평원에서 바다를 마음껏 느낄 수 있다. 파도가 높이 솟구치고, 바람이 불고, 억새는 노동자처럼 허리를 숙였다 폈다를 반복한다. 서쪽으로 기우는 햇살은 눈을 괴롭힌다. 양지바른 곳, 바람이 눈치채지 못하는 곳, 바다가 통째로 보이는 곳에 앉았다. 따뜻하니 졸린다. 바닷가 새들은 이런 좋은 곳에서 살겠지.

표선 해수욕장이다. 날이 흐려서 여기까지만 걷는다. 올레길 3코스, 걷기 편하고 경치도 좋다. 길동무를 만나 즐겁게 대화하면서 잘 왔다. 아, 그러고 보니 오랜만에 사람하고 대화를 했네. 집 코앞까지 가는 201번을 탔는데, 중학생 한 무더기가 올라탄다. "야 인마, 이리 줘 봐." "아, 왜?" 버스가 시끌시끌하다. 북한군이 무서워할 만하다. 내릴 때는 버스 기사에게 꾸벅 머리 숙여 인사를 하네. 기특하군. 제주 걸어서 한 바퀴, 온평 포구에서 표선까지 걸었다.

표선에서 남원까지

스페인어 새벽 공부에서 참으로 중요한 걸 배웠다. una botella de cerveza, el vino tinto, el vino blanco. 그리고 뒤에 por favor를 붙이면 된다. "맥주 한 병, 레드 와인, 화이트 와인 주세요." 성산 일출을 보러 가자. 태양이 일출봉에게 강력한 빔을 쏘면서 공격한다. 성산일출봉 머리 다 타겠다. 너도 이제부터 빡빡이 해라. 오늘은 헬스장에서 무게와 씨름을 한다. 3대 중량 얼마 치는지는 물어보지 마시라.

표선 해수욕장이 어제와 분위기가 사뭇 다르다. 표선 맛집 〈오늘〉에서 보쌈을 먹고 길을 나선다. 메뉴에는 없는데 흑돼지 훈제 족발도 맛있다고 하신다. 다음에 와서 먹겠노라 말씀드렸다. 사장님 내외분이 친절하고 따뜻하다. 인천에서 오신지 4년 되셨단다. 술 없이, 탄수화물 없이 깔끔하게 먹었다.

바람이 냉장고에 잠깐 들렀다 온 듯 차다. 그나마 햇살이 있어 손을 주머니에 넣으면 암시랑토 않게 걸을 수 있다. 꽃은 맨몸으로 버티고 섰는데 수십만 원짜리 옷을 껴입은 만물의 영장이며 지구 최후의 정복자인 인간이 춥다고 호들갑 떨기는 좀 거시기 하다. 생태계 피라미드 최상위 계급답게 양반걸음으로 가자꾸나.

지금까지 수년 동안 여러 곳을 걸으면서 나쁜 습관이 배었다. 후다닥 빨리 걷고 얼른 집에 가려고 한다. 이제부터는 길에 앉아 멍도 때리고, 햇살도 쪼이고, 글도 쓰련다. 남아서 처치 곤란한 게 시간 아닌가. 속전속결의 마음을 버리자. 근성(根性)은 재활용인가, 일반쓰레인가, 도대체 어찌 버리는 겨. 사람들이 낚시를 하고 있네. 뭐 좀 잡힙니까, 대답이 없네. 못 잡았구나.

이 길은 태양을 앞에 두고 걸어가야 한다. 바다는 푸르기보다는 검게 보이고, 해변은 더 까맣게 보인다. 눈도 부시고. 걸어온 길을 뒤돌아 보니 색이 제대로 보이네. 눈도 편하고. 난 여태껏 오해했다. 여기 바다색은 왜 이따위냐. 가까이 가서 봤더니 물은 아무 잘못이 없구먼. 아주 투명해. 노란 무궁화 꽃이 피는 황근(黃槿)이 바다를 감상하고 있다.

길을 걷는 매력 가운데 하나가 앞에 뭐가 있을지 모른다는 것이다. 힘 쑥 빼고 터덜터덜 걷노라면 수시로 불쑥 새로움이 튀어나온다. 영화도 소설도 다음 장면을 모르기에 어찌 된다는 겨, 하면서 들여다본다. 갑자기 동백이 나타났다. 어린 동백은 가까이에서, 다 핀 동백은 멀리서 봐야 좋다. 사람하고 같다. 아기는 내려다보고, 어른은 적당히 떨어져서 보고. 겨울에 동백잎이 반질반질 윤기가 흐른다. 동백은 피기 전에도, 펴서도, 떨어져서도 곱다.

남원큰엉해변까지 왔다. 숭어떼가 나타났나고 갯바위에서 낚시꾼들이 미끼도 끼지 않은 채 숭어를 잡아올린다. 훌치기라는 방식인데, 낚시꾼들 사이에서도 논란이 있단다. 팔뚝만 한 고기들이 막 올라온다. 한참을 보다가 머리가 시려 집으로 간다. 노을 안 보고 그냥 간다. 아침에 성산포에서 이미 만났잖아. 제주 걸어서 한 바퀴, 표선에서 남원까지 걸었다.

고성 오일시장, 펠리페 2세, 무스타파 케말, 집 그리기

요 며칠 날씨가 변덕이 심하다. 밤에 비가 내리더니 아침에는 거센 바람이 불고 우박도 내렸다가 잠시 햇살이 보이기도 한다. 날씨 예보를 보니 전국이 영하인데 제주만 영상이다. 따뜻한 남쪽인 게 사실인 게야. 헬스장 앞에 있는 〈서진향 해장국〉에서 맑은 해장국 한 그릇 먹었다. 든든하니 좋구나.

날씨가 잠시 개었다. 오늘은 안 걷는다. 매주 수요일과 일요일은 공부하는 날이다. 도서관에 가는데 고성 오일시장 장날이네. 구경 가자. 규모가 생각보다 작다. 여기서 드라마 〈우리들의 블루스〉를 찍었단다. 나는 시장에 가서 생업에 바쁜 상인들이며 난전에 쌓인 상품들이며 이런 것들 사진을 찍는 게 왠지 불편하다. 오늘은 세 과목을 공부해야 한다.

첫 번째 과목은 스페인이다. 〈한 권으로 읽는 스페인 근현대사, 서희석 지음〉을 읽는다. 펠리페 2세부터 시작하는 스페인에 관한 이야기다. 가톨릭, 이슬람, 개신교, 모리스코(이슬람에서 가톨릭으로 개종한 사람) 간의 전쟁이 끊이지 않는다. 종교가 탄생한 이래로 단 한 번도 평화가 없었다. 참으로 말이 안되는 역설이다. 종교는 예나 지금이나 사랑의 칼집에 들어있는 시퍼런 칼이다. 신대륙을 발견한 스페인은 막대한 은을 얻게 되지만, 결국 이것이 스페인의 몰락을 초래한다. 이것도 역설이다.

두 번째 과목은 내년에 스페인 다음에 갈 여행지 튀르키예이다. 〈유럽사 산책〉에 나오는 〈케말 아타튀르크의 이름으로, 이스탄불〉을 읽는다. 책을 읽으면서 이스탄불에 갔던 기억이 생각났다. 공항 이름이 아타튀르크였다. 아타튀르크는 '튀르크예의 아버지'라는 칭호로 무스타파 케말(튀르키예 초대 대통령, 1881~1938)에게 붙여진 칭호이다. 무스타파 케말은 독재를 했다는 오점도 있지만 여러 면에서 천재적인 재능을 발휘한 인물이다. 이슬람의 늙은 호랑이였던 오스만 제국을 양복을 입은 튀르키예로 변신시킨 건 온전히 그의 업적이다.

세 번째 과목은 미술이다. 도서관에서 나와 스타벅스에서 유튜브 강의를 보면서 집을 그렸다. 여행을 하다 보면 사진에 담기지도 않고, 글로 표현하기에도 한계가 있는 그런 풍경이 있다. 그림으로 그려보고 싶어 공부를 시작했다. 동영상으로 보니 참 쉽더구먼. 그리고 나니 한심하네. 오늘이 첫날이니 한 십 년 지나면 제대로 그릴 수 있으려나. 선 긋기 연습부터 하라는데 그건 하기 싫다. 사람들이 쳐다본다. 다음에는 구석 자리에 앉아야지. 창피해서리.

여행하는 사람에게 악천후는 달갑지 않다. 일상이 여행인데 날씨가 안 좋으면 일상을 멈추어야 한다. 다행히 오늘은 공부하는 날이라 잘 넘겼다. 건강을 어찌 유지할 것인가, 변수에 어찌 대응할 것인가, 이 두 가지를 여행하면서 항상 염두에 두어

야 한다. 사람의 마음은 깃털보다 가벼워 톡 건드리는 자극에
도 흔들린다. 말고삐 잡듯 마음을 단단히 움켜잡는 방법을 고
민해야 할 것 같다. 그림 공부를 잘 시작했다. 악천후에는 글
쓰고 그림 연습하자. 석양을 받은 구름이 우도를 덮고 있네. 우
도, 따뜻하겠다.

남원에서 위미 지나서 쇠소깍까지

사람들은 일출을 기다리고, 꽃은 그런 사람들을 보고 있다. 나도 그 사람들 속에 끼여있다가 포기하고 운동하러 가는 길에 집주인 내외분과 마주쳤다. 방 따숩냐고, 따습다고 했다. 부인은 언제 오냐고, 때 되면 온다고 했다. 어디 가냐고, 헬스장 간다고 했다. 서울 세브란스에서 허리를 수술해서 뒤뚱 걷는 아주머니 곁에 아저씨가 바짝 붙어 따라간다. 201번 타고 남원으로 간다. 201번이 거의 자가용처럼 느껴지네. 창밖 햇살이 좋다.

오늘 바다는 부장 앞에 선 신입사원처럼 다소곳하다. 남원 큰엉해안 산책로를 따라 걷는다. 한반도 지형을 닮은 포토 존이다. 닮았나, 그렇다고 치자. 시비 걸지 말고 살아야지. 연인이 깔깔거리며 인생 사진을 건지느라 바쁘다. 삼각대를 앞으로 들고 갔다가 뒤로 뺐다가, 마침 햇살도 곰상스러우니 사랑하기 딱 좋은 날이다. 파도도 철렁철렁 응원을 하네. 사랑, 만세!

예쁜 동백과 멋진 집이 나타났다. 속으로 말을 건네 본다. 이제 슬슬 동백이 지겹나요. 어쩌겠어요. 지금이 동백이에게는 절정인걸요. 내일도 볼 수 있다고 생각하지 마세요. 우리는 평생 오늘만 살지요. 어제와 내일은 한 번도 만나지도 못했어요. 그냥 생각일 뿐이지요. 아, 그림 같은 집이네요. 예쁜 집 짓고 사랑하는 사람하고 살고 싶지요. 그러세요. 저는 그 돈으로 그냥 재미있게 떠돌래요.

사람들이 간절한 마음으로 해변가에 돌탑을 쌓았다. 그렇다고 나무토막까지 사용하면 반칙 아닌가. 소망을 이루려는 마음을 봐서 인정해 주겠다. 사실 욕(欲)이 모든 문제의 근원이다. 욕은 원하고 바라는 것인데, 이것을 버려야 평안이 온다. 또 믿지 못하겠다면, 욕이 들어간 단어들을 떠올려보시라. 욕망은 두 배로 바라고(欲), 바라는(望) 것이다. 기대는 실망을 낳는다니까요.

위미항에서 한라산을 본다. 위미가 바다도 한라산도 다 볼 수 있네. 여기에서 한 달 살아볼까나. 〈다온 국밥〉에서 점심 먹고 간다. 귤 밭 앞에서 국밥 한 그릇, 맛나구나. 여긴 일 인석 귤 밭 뷰가 끝내준다. 둘이 오더라도 일 인석에 앉아야겠다. 성산에도 있다니 거기도 한번 들러야지.

커피 생각이 나서 카페에 들렀는데 디카페인이 없단다. 대추차 마신다. 캐럴이 흘러나오는 창가 자리에서 빡빡이 머리 위로 햇살을 받으니 스르르 졸린다. 이런 날이 오는구나. 아직도 실감이 나질 않는다. 곧 휴가를 끝내고 회사에 출근해야 할 것 같은 착각이 든다. 유유자적, 속세를 떠나 속박 없이 조용히 지내는 삶을 꿈꿨는데 막상 이루니 꿈인 듯하구나.

잔잔한 호수 같은 바다를 따라서 쇠소깍에 도착했다. 계절이 봄인 듯 가을인 듯 겨울은 아니다. 서울에는 눈 오고 춥다는데, 히히. 지난 목요일에 제주에 왔으니 제주 입도 일주일이 되었다. 조촐하게 파티라도 해야 하나, 날씨도 좋은데 집 앞에서 성산일출봉을 보면서 새우깡에 맥주라도 한잔할까. 제주 걸어서 한 바퀴, 남원에서 쇠소깍까지 걸었다.

쇠소깍에서 서귀포까지

오늘은 비가 내려 일출을 보기는 틀렸다. 성산일출봉에서 해돋이를 보는 곳은 세 군데다. 첫 번째는 일출봉 꼭대기, 걸어 올라가는데 30~40분 정도 걸린다. 두 번째는 우뭇개해변 위다. 여기는 장소가 좁아 조금 늦게 가면 사람 뒤통수만 볼 수 있다. 이 두 곳은 성산일출봉 안에 있고 새벽에는 공짜다. 세 번째는 이진생 시인의 시를 모아놓은 곳인데, 이곳 일출이 좋다. 태양, 성산일출봉, 우도까지 제대로 볼 수 있다. 오시거든 힘들게 오르지 말고 여기서 보시라. 〈한옥마루 카페〉 앞이다.

쇠소깍으로 가는 버스에 어르신들이 많이 타고 내리신다. 성산포를 오가는 버스는 대부분 문이 하나여서 어르신이 느릿느릿 내리고 나서야 손님이 탈 수 있다. 저녁에는 학생들이 많다. 젊어서 잽싸게 내리고 펄쩍 올라탄다. 같은 길로 다니는 버스인데 아침저녁에 걸리는 시간이 다르다. 버스에서 뭐라 말씀하시는데 못 알아듣겠다. 쇠소깍에서 출발한다.

흐린 날에는 산미 그득한 커피 한 잔이 답이지. 테라로사에 들렀는데 디카페인이 없단다. 그냥 나왔다. 테라로사, 실망이다. 실망스러운 상황일 때는 합리회가 약이다. 돈 굳었다. 게우지 코지(GEUZY COZY), 디카페인 있단다. 올레꾼을 위해 커피 마시면 크루아상 준다는데 10시까지다. 시간 지났다. 합리화하자. 빵, 흥, 살만 찌겠지. 다육이 키우시는 분들, 여기 다육이 많네요.

섶섬, 성산에서 서귀포로 걸어오는 내내 눈에 보였던 바로 그 섬이다. 우리는 누군가 닦아놓은 길을 걷는다. 이 올레길도 마찬가지다. 제주 출신으로 서울에서 언론인으로 활동하던 서명숙 이사장이 고향으로 내려와 올레길을 만들었다. 그 길을 지금 걷는다. 길라잡이, 혼자 똑똑할 수 없고 누군가 앞에서 이끌어줘야 한다. 서귀포까지 걸을 때 섶섬이 길라잡이였다.

백두산 천지를 닮았다는 소(小)천지다. 닮긴 했네. 비 온다. 우산도 없는데. 서귀포 칼호텔이네. 한 달 전에 여기 묵었었는데 반갑군. 〈흑돼지해물삼합〉에서 점심을 먹었다. 흑돼지, 해물, 야채, 이 세 개를 삼합이라 한다. 골고루 먹을만하네. 영양면에서도 구성이 좋고. 놀려면 체력이 확실해야 하니 꼭꼭 씹어 잘 먹었다. 전라도 광주 출신 총각이 서빙을 하는데, 제주에 온 지 6개월 되었단다.

〈서복전시관〉에 왔다. 중국 진시황의 명으로 불로초를 구하러 온 서복에 대해서 궁금했었다. 서복으로 인해 서귀포란 이름이 생겼단다. 불로초를 먹고 영생을 갈망했던 시황제는 결국 죽었고, 영원히 살 크고 웅장한 무덤에 병마용과 함께 묻혔다. 오래 살 생각 말고 지금 잘 살자. 매일올레시장을 구경했다. 매일 올레, 매일 올 수 있을 정도로 시장이 크네.

제주 걸어서 한 바퀴, 어느새 성산포에서 서귀포까지 왔다. 서귀포에서 차귀도 방향으로 진행하는 일이 관건이다. 거리가 멀어지고 대중교통도 환승을 해야 하니 시간이 많이 걸리겠다. 조바심 내지 말고 차근차근 걸어가자. 무리하지 말고, 욕심도 내지 말고. 가다 보면 닿겠지.

매일올레시장에서 황우지, 외돌개 지나 벙커하우스까지

오늘도 흐리다. 역시 일출은 없다. 운동하러 가는 길에 쓰레기 봉투를 들고 간다. 제주는 쓰레기를 동네에 있는 재활용센터에 직접 가져가서 버려야 한다. 주인집 어르신이 1층에 두면 버려주시겠다고 하는데, 젊은 사람 쓰레기를 노인이 버리는 건 아니지 않은가. 다행히 헬스장과 가까운 곳에 있네. 오늘도 헬스장에 혼자다. 불 켜고 운동 시작한다. 이두, 삼두, 어깨를 단련한다.

서귀포로 간다. 버스가 쉬지 않고 달리는데도 여전히 버스 안이다. 멀다. 성산에서는 서귀포까지가 이동 한계점인 것 같다. 어제 제대로 둘러보지 못한 매일 올레시장에 왔다. 모닥치기로 허기를 달래고, 제주벨미 흑돼지 육포 맛을 보고, 깡통 화덕 만두로 입가심했다. 모닥치기는 대짜 먹으려 했는데 사장님이 소짜를 추천했다. 대짜가 옳았다. 제주벨미 육포는 와인 안주로 딱일 듯하고, 깡통 화덕은 흑돼지 만두가 맛있네.

이중섭 생가 툇마루에 앉았다. 화가의 명성에 걸맞지 않게 소박한 이중섭 미술관을 돌아보다 짠한 마음에 울컥한다. 전시관에서 본 이중섭의 아내 이남덕(山本方子, 야마모토 마사코)이 보낸 편지의 마지막 문장이 자꾸만 아른거린다. "셋이서 학수고대하며 기다리겠습니다. 설마 병에 걸리진 않으셨겠죠. 아무 소식이 없다면 여러 나쁜 생각과 상상으로 고통스러울 겁니다. 그럼, 꼭 꼭 꼭 좋은 일이든 나쁜 일이든 소식을 전해주세요. 마음으로부터 당신의 남덕. 1955년 5월 10일."

갑자기, 아니 오전에는 비가 세게 내리다가 조금 전에는 눈발까지 날리더니 해가 나왔다. 참으로 깜찍한 날씨 같은이라고. 어제는 우산을 까먹고 안 들고 와서 조마조마했는데 오늘은 단단히 챙겨왔다. 비든 눈이든 아니면 지난번처럼 우박이든 날씨 네 맘대로 해 봐라. 햇살이면 뭐 나야 감사하지.

황우지와 외돌개를 지난다. 혹시나 기대하는 마음으로 선녀탕에 가봤더니 선녀는 없고 깔깔대는 여학생들이 사진 찍느라 정신이 없네. 낭떠러지에 〈추락주의 坠落小心〉라고 쓰인 푯말이 곳곳에 있다. 소심(小心)은 우리말로는 대범하지 못하다는 뜻이지만 중국어로는 조심하라는 말이다. 소심하게 삽시다.

눈보라가 몰아친다. 전진은 불가하다. 이 화창한 사진은 뭐냐고, 사진 찍는 한 십여 분 날씨가 좋았다. 오늘은 올레길 7코스

수봉로에 있는 카페 〈벙커하우스〉에서 걸음을 멈춘다. 사람들이 창밖을 보면서 "어머머, 눈 온다. 와아."한다. 삶이 힘겨울지라도 사소한 것들에게 감탄사를 날릴 수 있는 마음이면 좋겠다. 서귀포 지나 계속 진행하는 건 멈추고, 성산에서 함덕 방향으로 걸어야겠다. 걸어서 제주 한 바퀴, 오늘은 서귀포를 어슬렁거렸다.

눈 내린 사려니숲길을 걷는다

오늘 아침은 흐리지 않아서 동그란 해는 아니지만 그 해가 발산하는 빛은 볼 수 있네. 집 창문에서 보면 바다가 보여서 아침마다 머리를 내밀고 발그스름하게 밝아오는지 확인을 한다. 버스정류장에 앉았는데 여행 온 부부가 길을 물어보신다. 청산유수, 좌악 깔끔하게 설명해 드렸다. 내가 말이여, 아직 제주는 몰라도 성산포는 빠삭하거든. 성산포에만 일주일 넘게 산 사람이여. 게다가 하나를 알면 열을 아는 것처럼 말할 수 있는 능력이 있단 말씀이지. 오늘은 바다가 아니라 숲으로 간다.

신성한 숲, 사려니숲이 눈으로 가득하다. 나무에서 눈이 녹아 물이 되어 땅으로 떨어지면서 똑똑똑 소리를 낸다. 아까부터 까마귀 우는소리가 숲 울림을 타고 들리는데 그 사이사이에 짹짹짹 다른 새소리도 끼어든다. 저벅저벅 눈 위를 걷는 소리까지 보태지니 숲이 시끌벅적하다. 이 세상 어디에도 고요한 숲은 없다. 고요한 숲은 가짜다. 숲도 누군가의 터전이니까.

추운 서울에서 눈 내린 제주 소식을 들으면 제주가 덩달아 춥게 느껴지고, 따뜻한 카페 창을 통해 영하 12도 거리를 바라보면 낭만 있게 보인다. 내가 선 곳에 내 관점이 있기 때문이다. 맞다, 틀리다가 아니라 사람은 좀처럼 자기 관점에서 나올 수 없다는 이야기다. 추위가 기를 펴지 못하는 제주에서 서울 추위 이야기를 들으면, 추워봤자 얼마나 춥겠어, 이런 생각이 드는 것처럼.

눈 사이로 난 좁은 길을 따라 걷는데 이게 일자 걸음으로 걸을 수밖에 없다. 마치 모델이 워킹하는 것처럼. 눈을 밟으면 신발이 젖으니까. 오호, 이러다 모델 되는 거 아닌가. 한낮이 되니 녹은 눈이 비처럼 나무 사이로 떨어진다. 걸음을 멈추고 가만히 귀 기울이면 숲에 비 내리는 소리가 들린다. 아이, 머리에 정통으로 맞았네. 우산을 쓸까.

사려니숲에 있는 물찻오름 앞인데, 12월 31일까지 훼손된 곳을 복원하기 위해서 출입을 통제한단다. 별수 있나. 다음에 다시 와야지. 5km 더 가면 붉은오름이다. 원래는 사려니숲, 물찻오름, 붉은오름을 한 세트로 묶어서 볼 생각이었는데 물찻오름은 출입 통제이고 붉은오름을 가기에는 눈이 녹으면서 길이 너무 질벅질벅하다. 사려니숲에 눈이 이리 많을 줄은 몰랐다. 여행의 절친, 변수를 오늘도 만났다. 아쉬운 마음에 사려니숲에 쌓인 눈 위에 그림을 그리고 손바닥 도장을 쾅쾅 찍어 남겨놓았다. 지우지 마시라.

231번 타고 교래리로 간다. 세 시가 다 되어간다. 밥부터 먹자. 고등어구이에 청국장이다. 이틀 내내 청국장이니 건강해졌겠다. 광치기 해변이다. 이곳에 오면 내 동네이겠거니 하는 생각에 마음이 편해진다. 해가 서쪽으로 넘어가는 삼십 분 동안에 풍경이 풍성해진다. 성산포는 일출과 일몰을 동시에 즐길 수 있는 참 매력 있는 곳이다. 다음 주면 이곳에 여장을 푼 지 3주 차다. 슬슬 다음 거처를 물색하러 다녀야겠다. 오늘도 젖은 신발 끌고 다니며 재미나게 잘 놀았다. 얼른 숙소에 가서 빨간 와인 한잔하자.

의전, 그 심오한 세계로

의전(儀典), 얼핏 보면 어려운 말 같지만 쉽게 말하면 '손님맞이'라는 뜻이다. 의전은 사실 정해진 형식은 없다. 중요한 건, 손님 입장에서 뿌듯한 감동을 받았느냐는 것이다. 내 입장에서 아무리 융숭하게 대접을 해도 손님이 아니라고 판단하면 아닌 것이 의전이다. 역지사지(易地思之), 입장 바꿔놓고 생각해봐, 이 관점에서 실행해야 한다. 관점을 상대방에게로 옮겨야 하니 참으로 어렵다. 뜬금없지만, 사랑이 힘든 것도 이 역지사지 때문이기도 하다.

해외 주재원들 사이에 "실적보다 의전이다."라는 말이 있는데, 그만큼 의전이 중요하다. 지금은 세상이 변했으니 그 정도는 아니겠지. 이동 경로에 신경을 써야 한다. 경로 상 특이점은 미리 파악해야 대응할 수 있다. 저 이상한 건물은, 길가에 핀 예쁜 꽃은, 멀리 보이는 저 산은, 건너고 있는 이 다리는, 패키지 여행 가이드가 말하듯이, "아, 오른쪽에 보이는 건물이 시청입니다. 블라블라."라고 질문을 받기 전에 궁금증을 해결해 줘야 한다. 주도권을 손님에게 넘겨주는 순간 질문 감옥에 갇힌다.

의전에는 대안이 필수다. 바다 경치가 멋진 레스토랑을 예약했다. 만약 안개가 많이 껴서 경치를 볼 수 없다면 그 레스토랑은 의미가 없다. 이때는 빨리 숲속 레스토랑으로 옮길 수 있어야 한다. A 플랜, B 플랜, C 플랜, 이런 식의 대안은 꼼수가 아니라 손님에 대한 배려다. 황소고집, 개똥철학, 올인 정신, 뭐 이런 건 의전 세계에서는 참으로 허망한 결론을 야기할 수 있다. 천편일률, 의전 세계에서 피해야 할 첫 번째다. 재탕 삼탕, 상대에게 읽히는 순간 이미 승패는 기울었다. 손님은 창의(創意)로 맞아야 한다.

사소한 것에 의미를 둘 수 있어야 한다. 식당에서 식사를 하는데 눈에 바로 보이는 커다란, 무지 커다란 TV가 지긋지긋한 경쟁사 제품이다. 밥이 넘어가겠는가, 그런 분위기에서 쌀라쌀라 매출이 어떻고 떠들어 봐야 소귀에 대고 사랑한다, 고백하는 것이나 진배없다. 의전을 받는 사람도 사실 불편하다. 그 마음을 편하게 해 주어야 한다. 원래 이렇게 하는 겁니다, 그러면서 작은 성의와 배려로 양념을 치는 것이다. 설렁탕집에서 무심히 건네는 소금처럼. 이불을 차내고 자는 사랑하는 이를 조용히 덮어주는 느낌으로 말이다.

오늘은 VVIP를 의전 한다. 최고로 중요한 손님이 성산포를 방문하신다. 녹슬었지만 실력을 발휘해 보리라. 요즘 트렌드라 공항 영접은 생략한다. 환영합니다, 플래카드도 안 달았다. 버스정류장에 우산 쓴 채 단정하게 기다린다. 아침에 단칸방 바닥을 빡빡 닦았고, 베갯잇과 이불도 뽀송뽀송 고온으로 세탁했다. 성산포 투어 A코스, B코스를 머릿속으로 그려본다. 드디어 그분이 오셨다. 아, 최고 존엄께서 식사를 하고 커피를 마시더니, 따뜻한 전기장판을 차지하고서는 주무신다. 아주 쿨쿨. 오늘 의전, 말짱 도루 묵이네.

제주 성산에 눈이 내리네

강풍에, 눈에, 성산은 밤새 요란스러웠다. 아침에 창을 여니 하얀 세상이 밖에 어슬렁거린다. 〈우뭇개 일번지〉에서 시원한 콩나물국밥 한 그릇 해치우고 슬금슬금 기다시피하는 201번을 타고 성산 읍내로 왔다. 볼일을 보고, 눈도 오니 걷기는 틀렸고 도서관에나 가자. 눈길을 걸어가다가, 금요일에 도서관이 휴관인 것이 생각났다. 아뿔싸, 다시 발길을 돌린다.

제주 사람이 말하길, 제주에서 이런 눈 구경 흔치 않으니 열심히 보란다. 눈보라가 불었다가 파란 하늘이 나왔다가 그야말로 드라마틱 하다. 제주 와서 2주 동안 열심히 돌아다녔더니 몸이 피곤했는데, 악천후가 나를 쉬게 하네. 좋은 악천후다. 덕분에 푹 쉬면서 충전을 해야겠다. 실패라고 생각했던 일이 휴식이었고 전환점이었을 때가 있었다. 오늘 그 기억들이 새롭게 스멀스멀 올라온다.

눈길을 걸어 〈하와이안 비치 로스터리〉에 왔다. 사장님이 눈을 치우길래 도와준다고 했더니, 눈 치우다 유리창 깨면 물어내란다. 그렇다면 안 도와줄 테니 혼자 하시라고 했다. 따뜻한 레몬차를 마시며 눈 내린 성산 바다를 즐긴다. 겨울은 확실히 바라보기 좋은 계절이다. 음악과 차, 서비스로 준 달달한 쿠키, 창으로 달려드는 햇살, 옆에 딱 붙어앉은 최고 존엄, 풍족한 겨울이다.

〈성산 덕이네〉에서 흑돼지 두루치기에 옥돔도 한 마리 구워 먹는다. 여기는 올 때마다 느끼지만 음식을 아낌없이 준다. 또 오셨냐고, 반겨주신다. 빡빡이, 이 헤어스타일은 장점이 참으로 많다. 비니를 써도, 아침에 일어나도, 머리 모양이 그대로다. 게다가 인상을 팍팍 심어주니 단골 대접을 쉬이 받는다. 다시 눈이 내리고, 사람 없는 포구는 한 폭의 그림이 된다.

성산포로 돌아왔다. VVIP이며, 최고 존엄인 아내를 내가 마치 가이드인 것처럼 이리저리 데리고 다니며 이러쿵저러쿵 떠드니 재미있구나. 혼자 있을 땐 하루에 한 마디도 안 한 적도 있었는데, 침묵도 좋고 떠듦도 좋네. 다음 주부터는 맑은 날씨가 이어지고 기온도 10도 정도를 유지한다고 하니 바삐 한번 돌아보자. 성산포 생활도 이제 두 주 정도 남았으니 원 없이 즐겨야지. 바다에 떠 있는 우도를 바라보고 집으로 간다. 바닥에 엎드려 그림 공부를 한다. 재능이 없는 건가. 그냥 사진에 집중해야 하나. 또 황금 같은 하루가 후다닥 가버린다.

세화에서 평대리, 월정리 지나
김녕 해수욕장까지

오늘 오랜만에 성산 일출을 본다. 오정개와 수마포구에서 보는 풍경도 좋네. 세 곳에서 해 뜨는 모습을 보고 나서 〈산지 해장국〉에서 맛있는 해장국 한 그릇 비우고 201번을 타고 세화리로 간다. 길가에 눈은 다 녹았고, 푸른 하늘에 흰 구름이 떠다닌다. 덩달아 마음도 떠있는 듯 살랑거리네.

가는 날이 장날이라고, 오늘이 세화 오일장이네. 규모가 큰 장이다. 사람들이 북적거리는 게 장날 같다. 일단 호떡 하나씩 먹고 장 구경하다가 반건조 생선을 발견했다. 전화번호 달라고 했다. 나중에 주문해서 먹어봐야지. 장날 풍경을 뒤로하고 길을 나선다. 해장국에 호떡까지 오늘은 속이 아주 든든하구나.

바람이 사람이라도 날려버릴 듯 강렬하게 분다. 갈매기들도 감히 이륙을 못하고 바위에 붙어 있다. 어제 왔던 평대리까지 왔는데, 어느 음식점에서 영화 촬영을 한다. 이 바람에 장비를 부여잡고 다들 고생이네. 카페 〈슈가바당〉에 들러 유자차를 마신다. 제주도 유자를 댕(당)유자라고 한단다. 나는 끝 맛이 달지 않고 씁쓸해서 좋았는데 싫어하는 사람도 있단다. 카페 뷰가 일품이네.

길이 시원하다. 구름도 멋있고. 오랜만에 맑은 날이라 유난히 반갑다. 우리는 거센 맞바람을 맞으며 겨우 걸어가는데 반대편에서 오는 사람은 편하게 걷는다. 센 바람이 등을 밀어주니 공짜로 걷는 거 아니오. 이곳은 제주에서도 바람이 세다. 일 년

평균 풍속이 초속 7m란다. 그래서 풍력발전기가 많다. 자전거 순환도로가 잘 되어 있어 해변길을 따라 걷는데 전혀 문제가 되지 않는다. 올레길은 만났다가 헤어지기를 반복한다.

파도가 치니 길가에까지 포말이 부서진다. 잘못하다간 물벼락을 맞을라, 파도가 오면 걸음을 멈추고 파도가 쉬면 재빨리 걷기를 반복한다. 월정리에 도착했다. 이 겨울, 서퍼들이 파도를 탄다. 대단하오, 그대들이 이겼소. 엄지 척을 보냈는데 봤을 리 만무하겠지. 월정리 바다가 참 예쁘네. 풍경을 사진으로 담기에는 역부족이다.

김녕 해수욕장까지 왔다. 바다 위를 뭐가 빠르게 지나가길래 봤더니 이번에는 윈드서핑을 타는 사람들이다. 이 세고 거친 바람이 그들을 들뜨게 하는가 보다. 바람은 한 방향으로 부는 데 저만치 갔다가 다시 돌아오기를 반복한다. 신기하네. 어찌 방향을 바꾸는 건지. 김녕 해수욕장 물빛에 눈이 부시다. 참 아름다운 하루다. 걸어서 제주 한 바퀴, 성산포에서 김녕까지 왔다.

신풍목장, 표선해수욕장, 동백수목원에서 놀기

성산에 해가 떴다. 하루, 우리에게 주어진 고마운 시간이다. 어찌 살든 누가 간섭하지 않지만, 우리가 살 수 있는 날은 하루뿐이다. 시간을 길게 늘어놓으면 낭비가 찾아온다. 오늘은 관광이다. 놀멍 쉬멍 이곳저곳 돌아다니련다. 두 손 가득 재활용 쓰레기를 들고 집을 나선다. 조용히 찌그러져 살아도 웬 놈의 쓰레기는 이리 많은지.

201번 버스를 타고 〈신풍리 하동〉에서 내려 표선 해수욕장까지 걸어간다. 올레길 3코스 일부 구간으로 한 시간 정도 거리로 산책하듯 걸으면 좋다. 걷다가 뒤로 돌면 멀리 성산일출봉 머리통이 조그마하게 보인다. 신풍목장이 펼쳐져 있는데, 누렇게 변한 초원 위에 소들이 한가로이 풀을 뜯고 있다.

이곳은 수평선 맛집이다. 멀리 시원하게 펼쳐진 수평선이 정말 아름답다. 눈 덮인 한라산도 볼 수 있다. 엎드려 꽃을 찍는데, 아내는 꽃을 찍고 있는 나를 찍는다. 내가 꽃으로 보이는 게야. 목장 끝에 있는 카페 〈물썸〉에서 레몬 생강차를 마신다. 봄에 초원이 초록으로 변하면 참으로 운치가 있겠구나.

바닷가에 예쁜 꽃이 있네. 햇살 잘 드는 곳에서 잘 사는구나. 다음 주면 1월인데 노지에서 꽃을 보다니 제주는 남쪽이 맞다. 꽃도 예쁘지만 초록색 잎도 놀랍다. 누가 천으로 닦아준 것처럼 반질반질하다. 윤기도 좔좔 흐르고. 자연이란 참 단순하다. 군더더기가 없다. 사람은 태어날 때부터 로션을 발라대도 저 정도로 윤이 나지 않으니.

표선 해수욕장. 멋진 곳이다. 이곳에 오면 오솔길을 따라 소금막 해변까지 걸어보는 것을 추천한다. 길은 짧지만 강렬하다. 풍경을 바라보기에 그만이다. 표선 바다는 감성이 묻어난다. 파도가 줄줄이 밀려오는 풍경은 가히 압권이다. 올 때마다 다른 분위기를 연출하는데 다채롭다. 표선 맛집 〈오늘〉에서 점심 맛있게 먹는다.

동백수목원. 제주 와서 처음으로 입장료 내는 곳에 왔다. 구경 오기를 잘 한 것 같다. 동글동글한 동백이 귀엽기도 하고 예쁘기도 하다. 동백은 향이 없다고 하는데 이 가득한 향은 무엇인가. 은은한 꽃향기에 취해 갈지자로 걸어 다니니 좋네. 흰 동백은 처음 봤는데 기품이 있군. 땅에 떨어진 동백꽃이 시선을 끈다.

물 빠진 광치기 해변을 걸어 집으로 간다. 무인 판매대에 이천 원을 놓고 귤 두 봉지를 샀다. 상큼한 귤을 먹으며 걷는 해변이

좋구나. 석양을 보려 했으나 바람이 차가워 그냥 포기한다. 때론
빠른 포기가 삶을 윤택하게 만들기도 한다. 포기도 결단이니까.
오늘도 재미나게 잘 놀았다.

성산일출봉 아래 민박집 이야기

나는 성산일출봉 아래에 있는 민박집에 산다. 일 층은 주인집이고, 이 층에 방이 네 개가 있고, 옥상에도 방이 있다. 방 값은 전기, 난방, 수도 다 포함해서 한 달에 45만 원이다. 이 가격이면 하루에 1만 5천 원 꼴이니 가성비가 아주 좋다고 봐야 한다. 이 가격에 방을 구하기도 어렵지만 구한다 해도 난방비를 추가하면 거의 방 값이 두 배가 된다. 제주는 도시가스가 없어 기름을 때거나 심야 전기로 난방을 하는데 기름은 비싸고 심야 전기는 밤 9시가 되어야 난방이 가능하다.

방에는 시월에 멈춘 달력이 있다. 내 방에 살던 사람이 올 시월 즈음에 이사를 간 모양이다. 성산포에는 고기잡이배를 타러 오는 사람들이 많단다. 방 구할 때 주인집 아주머니가 배 타러 왔냐고 내게 물어본 것도 그런 까닭이었다. 겨울에는 바람이 세니 배 타는 사람이 많지 않다고 한다. 사람은 공간에 살고, 공간은 사람이 살았던 흔적을 남긴다. 단칸방인데도 한 쪽에 싱크대도 있고, 욕실도 있고, 티브이도 있다. 속이 꽉 찬 방이다.

방에 바늘이 더 이상 움직이지 않는 벽 시계가 있다. 시간이 맞지는 않았지만 고장이 난 것은 아니었다. 작은 방에 시곗바늘 돌아가는 소리가 너무 커서 일부러 건전지를 뺐다. 내가 사는 단칸방은 소리 부자다. 냉장고 돌아가는 소리가 탱크 급이라 밤에 잘 때는 전기 코드를 뽑아야 한다. 밤에 바람이라도 불면 창문이 덜거덕 거린다. 처음에는 누가 창을 두드리는 줄 알았다. 욕실 불을 켜면 공기를 배출하는 팬이 돌아가는데 이러다 무너지는 거 아닌가, 이런 생각이 든다. 사람도 늙으면 골골거리고 방도 오래 되면 이런저런 소리를 낸다. 자연의 이치다.

안 좋은 것만 말한 것 같은데, 단점보다는 장점이 많은 집이다. 밤 9시가 되면 난방이 들어오는데 새벽녘이면 지글지글 끓는다. 찜질방 수준이다. 역세권을 자랑한다. 제주의 유일한 대중교통 수단인 버스가 집 앞에 선다. 걸어서 1분이다. 아침마다 일출을 본다. 걸어서 25초다. 디카페인 커피와 멋진 뷰를 제공하는 카페가 있다. 걸어서 27초다. 집을 중심으로 우(右) 혹 돼지 구이 집, 좌(左) 일식 집인데 둘 다 맛있다. 이런 입지를 가진 집을 서울에서는 백 년이 지나도 구할 수가 없을 것이다.

2층에 있는 방 네 개 중에 내 방은 세 번째다. 1호실과 2호실에는 중국 교포분들이 산다. 전북 김제에서 왔다고 하는데 겨울 무를 뽑는 작업을 하신단다. 팔뚝만 한 무를 주시면서 자꾸 먹으라 하신다. 밭에서 작업을 하니 매일 세탁기를 돌려 내 차지가 돌아오지 않는다. 가끔 중국어로 막 통화를 하는데 들어보면 사람 사는 이야기다. 4호실에는 한 여자분이 사는데 우도에서 일 년을 사셨단다. 다리가 안 좋아 유모차 같은 거 끌고 다닌다. 고향은 인천이란다. 옥탑방에는 식당에서 일하는 어떤 여자분이 산다고 들었다.

성산일출봉 민박집에서 내 팔자가 제일 좋다. 그래서 대놓고 막 놀러 다니기가 미안하기도 하고 눈치가 보인다. 다음 주면 한 달이 되서 이곳 성산포 민박집을 떠나야 한다. 제주에 와서 처음 터를 잡은 곳, 어렸을 때 어머니 손을 잡고 셋방을 구하러 다녔던 기억을 되살려 준 곳, 소박하지만 살기에 아무 문제가 없어서 이리 살아도 행복할 수 있겠다는 자신감을 심어준 곳, 열심히 사는 다른 방 사람들 틈에서 삶의 진지함을 배운 곳, 성산일출봉 턱 밑에 있는 내 단칸방이 많이 생각날 것 같다.

우뭇개, 오정개, 소마 포구가 있는
성산일출봉 풍경

사람들은 성산에 오면 대개 낮에 성산일출봉에 오른다. 해 다 뜬 낮에 일출봉에 오르면 뭐 하나, 굳이 안 올라가도 다 본 것 이여. 물론 맞는 말이다. 안 왔다면 몰라도 왔다면 올라가길 추 천한다. 입장료에, 숨 가쁜 시간 삼십 분은 충분히 보상받는 다. 시원한 바람과 펼쳐진 초록 세상, 그 너머 푸른 바다가 한 눈에 들어오는 광경을 만날 것이다.

해 뜨기 전에 부지런한 사람들은 성산일출봉 입구에 있는 담 을 넘는다. 정식 입장을 하려면 7시 30분은 되어야 하는데 그 땐 이미 해가 떴다. 사람들은 핸드폰 불빛이나 랜턴에 의지해 성산일출봉을 오른다. 해는 어디서 봐도 해지 뭘 그리 유난이 냐, 맞는 말이다. 이른 새벽에 성산일출봉에 오르면 달빛에 잠 긴 성산과 만난다. 잠시 후에 일출봉 뒤로 해가 떠오르면, 사람 들이 환호한다. 군중이 한마음으로 응원하는 열기를 느낀다. 해가 뜨고 난 후에 한라산을 필두로 펼쳐진 풍경도 놓치면 안 된다. 막 아무 곳에서나 볼 수 있는 게 아니다.

성산일출봉 아래 〈우뭇개〉가 있다. 일출봉 입구를 통과해서 왼 쪽으로 가면 해녀들이 공연도 하고, 해산물도 파는 곳이다. 낮 에는 장터처럼 사람들 소리로 시끌벅적한 느낌이지만 한적한 새벽에는 우뭇개의 온전한 정취를 즐길 수 있다. 이곳에서 보 는 일출도 볼 만하다.

성산일출봉을 바라보고 왼쪽에는 〈오정개〉가 있다. 대부분 사람들은 이곳을 그냥 지나친다. 풍경도 풍경이지만 이곳에서 조금만 더 걸어가면 이진생 시인의 시비가 있고, 그곳에서 우도와 성산일출봉을 함께 볼 수 있다. 내가 사는 민박집이 이곳과 가깝다 보니 이곳에서 일출을 볼 때가 많다.

성산일출봉을 바라보고 오른쪽은 〈수마 포구〉다. 제주도 말을 실어가기 위해서 배에서 말을 받았다고 해서 수마(受馬) 포구라는 이름이 붙은 곳으로 광치기 해변과 연결되는데, 이곳에서는 성산일출봉을 넘어오는 해를 볼 수 있다. 오후 나절에는 지는 석양도 볼 수 있다. 이곳은 오후에 조용히 앉아서 경치를 바라보기 좋다. 커피를 마시면서, 아니 맥주 한 캔이 더 어울리겠네.

해는 날마다 새롭다. 구름이 있는 날은 구름 때문에 새롭고, 맑은 날은 구름이 없어 새롭다. 우리 삶에서 나를 가로막고 있는 것이 모두 장애물은 아닐 것이다. 사진을 찍을 때 나무나 풀이 피사체를 가리고 있다면 그것을 피하지 말고 사진 구도에 과감하게 넣으면 같이 작품이 된다. 매일 뜨는 해를 보면서 든 생각이다.

성산일출봉에서 우도 바라보기도 좋다. 날씨에 따라 분위기가 다 다르다. 골라보는 재미가 있다. 성산일출봉, 잠깐 와서 얼른 보고 돌아가기에는 너무 멋진 곳이다. 일출봉을 올라도 좋고, 우뭇개와 오정개나 소마 포구를 걸어도 좋다. 심지어 멀찌감치에서 일출봉 뒤통수를 보는 것도 나름 운치가 있다. 성산포 바닷가에는 섬 같은 성산일출봉이 있고, 사람들은 일출봉에 기대어 살아간다.

성산일출봉 아래 민박집에서 새해를 맞는다. 언제나처럼 열심히 살아가는 한 해가 되겠지만, 뜨는 해를 바라보며 마음 가득 바라는 것은, 어머 어머 저것 좀 봐, 세상에 너무 예뻐, 진짜 좋아, 이 색깔을 봐, 이런 감탄이 내 입에서 마구마구 쏟아지는 것이다. 꼭, 반드시 말이다.

색달 마을에 깍두기 씨가 산다

색달로 왔다. 서귀포에서도 중문中文에 자리를 잡았다. 색달
은 참으로 색色이 다르다. 남쪽 냄새가 두드러진다. 바람도 순
하고, 파도도 부드럽다. 멀리 보이는 바다가 그렇다.

아침에 일출이 궁금하지도 않다. 굳이 머리를 창밖으로 내밀지 않는다. 뜨는 해는 안 보이니까.

아침에 일어나 동네 탐색을 나선다. 헬스장이 어디 있나 찾았는데, 드디어 발견했다. 멋진 곳이네. 한 달에 이만 원, 하루 이용권은 무려 천 원이다. 오백 원짜리 동전 두 개를 내고 운동을 했다. 오늘은 등 운동이다. 견갑에 힘을 바짝 주고 최대로 당겼다. 동네 아저씨들, 여행 온 관광객들, 옷도 다양하게 입고 근육을 만드느라 다들 바쁘다. 분위기 좋네.

운동을 했으니 도서관으로 간다. 같은 건물 삼 층이다. 대출 카드도 만들었다. 제주 공공 도서관에서 사용할 수 있단다. 가우디가 궁금했다. 그는 무슨 생각으로 살다가 무연고 죽음으로 처리되었는지도. 가서 보면 알겠지. 아는 만큼 보이니 바르셀로나 가기 전에 공부부터 해야지. 최고 존엄님은 뜬금없이 크로아티아 책을 보더니, 좋네, 물가도 싸고, 이런다. 스페인으로 간다니까 웬 크로아티아 이야기를 하는 거지. 다음 여행지를 크로아티아로 바꾸라는 뜻인가.

파르나스 호텔 옆에 있는 해변, 사람들은 색달 해수욕장에 관심이 있고, 이곳은 비어있다. 날씨 좋은 날에 와인 들고 피크닉 오기로 했다. 아점을 김밥으로 가볍게 먹는다. 농협 하나로 마트에 들러 무항생제 달걀 두 판을 사서 각자 한 판씩 가방에 넣었다. 202번을 타고 숙소로 왔다. 최고 존엄은 뭔가에 몰두

하고 나도 몰입했다. 오후 두 시가 되었다. 드디어 때가 왔다. 일단 동네를 한 바퀴 돈다. 굶주린 하이에나처럼. 둘이 경치를 보며 미학에 대해 이야기를 나눈다.

도착했다. 세 시 오픈이라 딱 세 시에 왔다. 한라산은 21도가 맞다. 차가운 21도를 목으로 넘긴다. 오늘은 회식이다. 둘이 새로운 거처를 정한 기념으로 고기를 먹기로 했다. 흑돼지 무한리필, 고기는 무한리필이 정답이다. 가격도 좋다. 인당 이만 오천 원, 맛도 좋네. 둘이 킥킥 웃으며 땡잡았다고 좋아한다. 자본주의 세상에서 살아남으려면 발견을 해야 한다. 다음 주에 또 오기로 했다. 깍두기 씨와 최고 존엄은 서귀포 색달에서 새로운 한 달을 산다.

제주도와 마라도를 바라보기 좋은 가파도

운진항에서 열 시 배를 타고 가파도로 간다. 배 안에서는 들뜬 사람들이 객실 자리를 찾느라 분주하고 선미船尾에서는 하하하 웃으면서 기념 촬영을 하느라 바쁘다. 장날 같은 분위기다. 산방산 뒤로 한라산이 보인다.

배가 많이 흔들리네. 배로 십오 분 거리니 그나마 다행이다. 배에서 내려 오른쪽 해변을 따라 걷는다. 멀리 마라도가 보인다. 마라도가 덩치는 가파도보다 작지만 키는 더 크다. 멀리서 보니 항해하는 배를 닮았다. 바다에 뜬 마라도, 어디로 가려는가.

설명에도 나와있지만 가파도는 우리나라 유인도 가운데 해발이 가장 낮다. 20미터 정도란다. 남한에서 키가 가장 큰 한라산을 바라보기 편하다. 생긴 건 가오리와 비슷하다. 지구에서 키가 가장 큰 사람과 가장 작은 사람이 공존하는 곳이 아프리카다. 제주에는 우리나라에서 해발 최고와 최저가 있네.

한라산은 미세먼지에 가려서 보이질 않고 산방산만 보인다. 망망대해에서 제주와 마라도 사이에 딱 끼인 가파도, 해변을 따라 걷는 걸음이 가볍네. 바람은 세차지만 햇살은 따스하다. 파도가 끊임없이 달려들면서 흰 거품을 만들어내는 것을 찍고 싶었으나 풍경을 보는 데는 역시 눈이 최고라는 결론을 내렸다.

보리는 아직이다. 봄에 오면 그야말로 청보리 세상이겠다. 그때는 사람 반 보리 반이겠지. 한겨울에도 이리 많은데 봄에는 오죽하겠는가. 가파도는 두 시간이면 충분하다. 배표를 끊으면 아예 두 시간 뒤에 가파도에서 나오는 표를 준다. 안 봐도 안다는 말이겠지. 경험이 쌓이면 실력이다.

바닷길도 좋지만 가파도 속을 걷는 것도 좋다. 가파도에서 굳이 무언가를 하기보다는 그냥 '있다'라는 느낌을 가져보는 것은 어떨까. 섬이니 어차피 딴 데 갈 곳도 없고, 분주하게 뭘 할 것도 없다. 그냥 눈에 보이는 대로 발길 닿는 대로 있으면서 느낄 뿐이다. 인생에서 가장 여유로운 두 시간, 뭐 이런 콘셉트랄까.

가파도, 사람이 많을지라도 청보리가 한창일 때 다시 와야겠다. 내가 지금 보는 것, 듣는 것, 느끼는 것이 어쩌면 생에서 마지막일 수 있다는 진리를 받아들여야 한다. 그래야 이 순간에 감탄할 수 있지 않겠는가. 흔들리는 배를 타고 와서 모슬포에서 새로운 발견을 했다. 저 밥상이 두 사람이 삼만 원이다. 〈제주할망밥상〉은 제주에 세 곳이 있단다.

※ 알아도 써먹지 못할 지식

헨드릭 하멜(Hendrik Hamel)은 네덜란드 동인도 회사 직원으로 대만을 거쳐 일본으로 가다가 제주로 떠내려 왔다. 1653년부터 1666년까지 제주, 한양, 강진에 있다가 여수에서 일본으로 탈출했다. 제주에 도착한 지역이 대정읍 사계 지역인데 그곳에서 가파도가 보인다. 지금 정기 여객선이 오가는 지역이다.

그가 밀린 임금을 받을 목적으로 작성한 보고서가 우리가 알고 있는 〈하멜 표류기〉이며, 거기에 가파도를 Quepart(케파트)로 소개했다고 한다. 옛 이름 개파도(蓋波島)와 비슷하다. 그가 우리 역사에 딱히 기여한 것도 없는데도 너무 열광하는 분위기가 나는 참으로 어색하다. 그가 일했던 동인도 회사는 당시 유럽이 아시아를 착취하려 무력을 사용하던 집단이었다. 뭐 그리 참하고 아름다운 무역 회사가 아니었다는 말이다.

럭셔리와 궁상 사이에서

하루에 한두 시간 볕이 드는 반지하보다 더 깊이 내려간 곳에서 산 적이 있었다. 주인집과 부동산에서는 반만 땅 속이라며 '반지하半地下'를 강조했지만 태양은 접근조차 할 수 없었고 전등을 켜야만 어둠이 물러나는 곳이었다. 신기하게도 사는 동안 전혀 궁상스럽거나 청승맞지도 않았다. 그때, 그곳은, 내가 할 수 있는 능력 범위에서 최고였다. 그러니까 내가 사는 모습에 럭셔리나 그 반대말인 궁상窮狀이란 단어는 아예 존재하지 않았다. 나이가 더 들어 사회생활을 하면서 배운 단어였다.

서귀포에 겨울비가 내린다. 서부도서관에서 책을 읽다가 열 시쯤 지하에 있는 체육관에서 천 원을 내고 운동을 한다. 510번 버스를 타고 서귀포 버스터미널에서 내려 점심을 먹으러 간다. 그다음에 영화를 봐야지. 비가 세차다. 덩달아 바람까지 한 편이네. 그때 차가 지나가면서 싸악 물을 끼얹는다. 아, 씨. 궁상맞다는 생각이 스치려는 순간 끼익, 차가 스톱한다. 예쁜 젊은이가 차에서 내리더니 비를 그대로 맞고 서서 정중하게, 죄송하다고 한다. 괜찮아요, 신경 써줘서 고마워요.라고 말했다. 궁상스럽다는 생각이 확 가셨다.

럭셔리하게, 이 표현이 바른지 모르겠다. 영어 'luxury'에 우리말 '하게'를 붙여서 쓰는 이런 식의 언어 사용은 잘난 척하는 것 같아서 싫어하는데 럭셔리는 왠지 이리 표현해야 제맛이다. 가벼워 보이니까. 한때 럭셔리하게 살려고 애쓴 적이 있었다. 고급 브랜드 양복을 입고, 마블링 촘촘한 스테이크를 먹고, 억지로 집 평수를 넓히면서 말이다. 그리 살았더니 럭셔리는커녕 처절한 응징만 있더라. 한 시의 오차도 없이, 한 푼도 틀리지 않게 신용카드 청구서가 재까닥 날아왔다. 복수를 하고야 말겠다는 듯이 말이다. 결과는 처참했다. 진짜 어렵게 그 세계를 벗어났다.

안빈낙도安貧樂道, 이리 사는 게 쉽지는 않은가 보다. 그러니 그 먼 옛날부터 지금까지 이런 걸 희망하지 않았겠는가. 없이 사는 사람이 초가집에서 알콩달콩 사는 건 궁상도 청승도 아니다. 기특한 삶이다. 없는 사람이 있는 척 애쓰는 게 궁상이고 청승이 아닐까. 빗길이나 눈길에서 조금만 걸으면 신발이 금세 젖는다. 신발이 오래되고 얇은 탓이다. 발에 힘을 주니 신발에서 물이 나온다. 살면서 배운 궁상이라는 단어를 떠올릴 듯 말 듯 한 상태에서 세 시간 동안 오줌 참아가며 아바타를 봤더니 신발이 뽀송뽀송해졌다. 궁상이 또 사라졌다.

삶에는 럭셔리도 궁상도 없다. 상황이 있고 그 상황을 바라보는 관점이 있을 뿐이다. 인간이 만든 탈옥이 불가능한 감옥이 있다. 생각이라는 감옥이 그것인데, 존재하지 않는데 존재한다고 믿게 만든다. 선을 그으면서, 넘지 마, 그러면 넘지 못한다. 없는데도 있다, 그러면 있는 줄로 안다. 생각이 그렇다는 말이다. 럭셔리와 궁상도 존재하지 않는 '생각'일뿐이다. 삶에는 없다. 제주에 하루 종일 비가 내리길래, 혹시 어디서 궁상떤다고, 자기 스스로를 그리 생각하는 사람이 있을까 봐, 그런 거 없으니 힘내라고.

원시 여행을 떠나는 올레길 9코스

갈까, 말까. 날씨 예보를 보니 오전에는 비가 없다. 어정쩡한 예보가 고민을 만든다. 할까, 말까 망설일 땐 하는 게 답이다. 최고 존엄은 쉬겠단다. 그러시라고 했다. 점심에 전화할 테니 밥 먹으러 나오라고 하고서는 집을 나선다. 531번을 타고 종점인 대평리로 간다. 종점으로 가는 버스를 타면 언제나 마음이 느긋하다.

원시原始. 정글 분위기가 물씬 나는 숲 터널을 한참이나 오른다. 헉헉, 숨이 가쁘다. 어제 내린 비로 땅은 축축하고, 풀들은 물을 뒤집어썼다. 새들이 운다. 다행히 길은 미끄럽지 않다. 공기는 상쾌하다. 가꾸지 않은 맨얼굴을 대한다. 때묻지 않은 제주다.

초록草綠. 오르막길을 힘들게 올라왔더니 노루, 잘 몰라서 그 냥 노루라고 한다. 하여튼 노루가 초록, 농작물인지 풀인지 몰라 초록이라 한다. 하여튼 초록 위를 뛰다가 나를 보더니 숲으로 갔다. 가면서도 쳐다보더라. 궁둥이에 방석만 한 흰 무늬가 있었다. 지금도 저기서 나를 본다. 꿩은 봤어도 노루를 보다니.

박수기정 꼭대기. 박수기정 위에서 바다를 보려 했는데 누군가의 터전이네. 사유지 출입 금지. 농사를 준비하고 있네. 주인장이 있으면 양해를 구하고서라도 가보려 했는데 아무도 없다. 들어갈까, 말까. 망설이다가 어쩔 수 없이 멀리서 바라본다. 남의 구역 막 드나드는 건 아니다. 서로를 침범하지 말고 살자.

풍경風景. 사람은 자연에서 자신의 영역을 분할한다. 그 영역을 법으로 보장받으며 가꾼다. 아주 오래 거슬러 올라가면 원래 주인 없는 땅이었을 텐데. 사람도 살아야 하니 열심히 가꾼다. 그것이 어울려 풍경이 된다. 자연과 인공이 만나도 풍경이다.

꽃길花路. 만약에, 진짜로 만약에, 집으로 가는 길이 꽃길이라면 얼마나 행복할까. 그 길 끝에 집이 있고 엄마가 있고 된장찌개가 있고 형제가 있는 집이라면. 동백이 다 떨어진 저 길 끝에 사람, 그냥 우리 같은 사람이 사는 집이 있더라. 비싼 집 말고 투박한 집. 앉아서 울뻔했어. 내 꿈이었거든.

생명生命. 산다는 것, 당연하고도 너무 당연해서 지루한 것, 애쓰는 생명을 보며 회심回心을 한다. 인간이 진정으로 위대한 이유는 마음을 번복할 수 있다는 것이다. 이 세상에서 바위보다 강하고, 쇠보다 단단한 것이 마음이다. 그런 마음을 번복하다니, 기적 아니겠는가. 생명은 기적을 낳는다.

초원시初原始. 군산(굴메오름)에 올랐으나 안개로 보이는 건 하나도 없었다. 오를 때 마치 동남아 어느 땅에 있는 줄. 내려오니 안덕계곡으로 이어진다. 여긴 더 원시다. 참으로 색다른 곳이다. 오늘 내 폐는, 담배는 물론 십 년 전에 끊었지만, 호사를 누리는구나. 군산 여기저기 땅굴을 판 일본이라는 나라에 대해 오늘 언급은 삼간다. 그냥 반성해라.

산방산山房山. 올레길 9코스는 산방산으로 향하는 길이다. 돌고 돌아, 넘고 넘어, 결국 닿는 곳은 산방산이다. 다른 곳에서 보는 산방산이 제각각이다. 거리는 길지 않으나 오르고 내리는 구간이 있어 힘에 부칠 수 있다. 그래도 참 멋진 길이다. 킹콩이나 고릴라가 나올 것 같은, 갓 태어난 지구를 걸은 기분이다.

걸어서 제주 한 바퀴, 많이 걸었다. 점심에 밥 먹고 해가 반짝 나오길래 최고 존엄 모시고 산책을 했다. 이런 동네에 내가 살다니 참으로 행복하구나. 다리가 아프다. 모시고 한 시간을 더 걸었더니.

내가 본 녀석이 노루가 맞았다. 고라니와 노루는 생김새가 비슷한데, 엉덩이 흰 반점으로 구분한단다. 나는 그 녀석 흰 궁둥이를 분명히 기억한다. 우리나라에서도 제주도에 특히 많단다.

고라니　　　　　　　　　　　　　　　　노루

알뜨르 비행장, 송악산, 사계해변을 걷는다

매일 하는 대로 도서관에 갔다가 오백 원 동전 두 개를 들고 운동하러 간다. 오늘은 근육몬들이 많이 보인다. 근육몬들에게 방해 안 되게 구석에서 깔짝깔짝 운동을 한다. 저들은 황새고 난 뱁새다. 괜한 욕심은 부상을 부른다. 점심 먹고 모슬포항에서 산방산 방향으로 걷는다. 올레길 10코스 역방향이다.

알뜨르 비행장. 일본은 제주에 두 개의 비행장을 건설했다. 정뜨르 비행장은 현재의 제주 공항이며, 다른 한 곳이 송악산 아래 알뜨르 비행장이다. 일본은 이곳을 중국 난징이나 상하이를 폭격하는 거점으로 삼았다. 풀이 무성한 비행장 활주로에서 산방산을 바라본다.

작은 동산처럼 보이는데 지하 벙커다. 활주로와 격납고 사이에 있다. 길이 30미터, 너비 20미터로 네모난 구조다. 비행장 관제탑이었던 구조물 사이로 산방산이 보인다.

격납고. 20개 격납고 가운데 19개가 원형 그대로 보존되어 있다. 알뜨르 비행장은 강제 징용한 사람들로 십 년 동안 공사를 했고, 총 80만 평에 달한다. 한 격납고에 비행기 모형이 있고, 평화를 기원하는 리본들이 달려 있다. 비행장 뒤에 있는 섯알 오름에는 비행장을 엄호하기 위한 고사포 진지가 있다. 인류가 정신이 나갔던 어둠의 시대였다.

섯알 오름 양민 학살 터. 이곳은 일본군 탄약 기지였고 해방이 되자 미군에 의해 폭파되어 구덩이가 만들어졌다. 1950년 8월 20일 당시 방첩대와 해병대에 의해 제주도 관내 감시 대상자 600여 명을 학살했는데, 이곳이 그 학살 터 가운데 한 곳이다. 외세에 짓밟히고, 우리끼리 죽이고, 참 희한한 역사다. 아직도 서로 미워하고, 사람들은 그걸 또 응원한다.

송악산. 송악산 둘레길을 따라 걷는다. 마라도와 가파도가 보인다. 마라도는 높고 가파도는 넓다. 형제섬이 마치 상어 지느러미처럼 솟아있고, 그 뒤로 범섬도 보인다. 산방산은 다 알면서도 모른 척, 슬프면서도 안 그런 척, 입 꾹 다물고 침묵한다.

사계 해변. 독특하다. 어떻게 이런 모양이 생기지. 모래가 퇴적되어 만들어졌다는데 자연은 이해 불가다. 사계 해변에서 산방산 방향으로 걷다가 든 생각, 광치기 해변에서 성산일출봉으로 걸어가는 줄. 걸어서 제주 한 바퀴, 모슬포까지 왔다.

눈 내린 제주에서 회식 그리고 산책

바람이 지나갔다. 밤새 으르렁거리더니 아침이 되니 흔적도 없이 사라졌다. 눈도 그쳤다. 창밖 풍경은 평온하다. 일회용 드립 커피를 내리고, 삶은 계란과 볶은 당근으로 간편한 아침을 먹는다. 도서관 가는 길이 온통 흰색이다. 엉금엉금, 느릿느릿, 드디어 대한민국 제주에 과속할 수 없는 세상이 도래했다.

야호, 회식이다. 둘이 매일 같이 밥을 먹지만 오늘은 맛있는 거 먹는 날이다. 점심으로 고기를 먹는다. 정육 식당인데 더본 호텔 옆에 있다. 왜 회식하냐고, 돈이 오만 원 굴러들어 왔다. 먹다 보니 배보다 배꼽이 더 커져버렸네. 계산하는데 굴러온 돈 두 배가 나와버렸다. 그래도 회식하니 좋네.

점심을 먹고 나오니 눈이 녹기 시작한다. 제주는 눈이 많이 내려도 해만 나면 금방 녹는다. 내가 언제 그랬냐, 발뺌하는 듯하다. 아싸, 배도 부르고 시간도 많겠다, 걷자. 둘은 의기투합해서 동네 산책을 나선다. 쨍한 날씨, 따스한 햇살, 차가운 바람, 뭐지 이 조합은, 겨울이여 봄이여, 퓨전인가. 육지 사람들이 전화해서 안부를 묻는다. 감사합니다. 깍두기 씨, 제주에서 잘 있어요.

바다. 눈이 내리나, 바람이 부나, 그 순간이 지나면 화 풀린 어머니 모습이다. 그립다. 저 깊은 물속에는 또 어떤 세상이 있을까. 그러고 보니 항상 보는 건 표면뿐이고 속을 본 적은 없네. 겉만 보고 다 아는 것처럼 그리 살았던 게야. 스킨스쿠버에 급관심이 생겨 알아봤는데 많이 비싸네. 안 하기로 했다. 아직 직장 생활하시는 분들, 돈 벌 때 이런 거 배워두시면 좋지 않나요.

박수기정. 걷다 보니 어느새 여기까지 왔네. 몇 번 봤지만 생긴 걸로 치면 성산일출봉, 산방산 또 뭐가 있으려나. 하여튼 안 빠져, 독특하고 멋지다. 너처럼 개성이 강해야 되는 겨. 영화배우들 봐, 예쁜 얼굴보다 개성이잖아. 그니까, 나처럼. 톡톡 튀고 사회생활 못 한다고 구박받는 사람들, 힘내시오. 그게 당신 멋이요.

지난번 지나치다가 기억에 포스트잇 해 둔 와인숍 술피엔스에 들렀다. 회식 2차다. 추천해 주신 와인에 지리산에서 직접 말린 곶감을 곁들인 치즈 안주로 마신다. 사장님 남편은 지리산에 계시는데 곧 합칠 계획이란다. 와인에 열정도 있고, 서로 수다를 떠니 좋았다. 일몰을 보려고 했으나 구름이 너무 강해서 그만두었다. 눈 내린 서귀포, 내가 사는 동네를 하루 종일 바삐 돌아다녔다. 좋네. 과한 소비로 지역 경제에 이바지하면서 재미나게 잘 놀았다.

빛의 향연, 군산오름 풍경

궂은 날씨로 이틀 내내 책하고 씨름만 했더니 좀이 쑤시던 차에 구름이 걷히는 것 같아 얼른 채비를 하고 숙소와 가까운 군산오름으로 간다. 올레길 9코스를 걸을 때 군산에 올랐으나 안개로 아무것도 못 본 걸 벌충할 요량도 있었다. 군산으로 오르는 길에 빛이 내리고 있었다.

햇빛. 용암보다 더 뜨겁게 활활 타오르는 태양이 내뿜는 열기.
까만 우주를 건너오면서 살짝 식기는 했지만 그 온기로 지구
가 살아간다. 빛이 움직이는 속도, 광속을 이기는 건 없다. 어
마어마한 속도로 날아온 빛을 보느라 자리를 뜨지 못하겠다.
두 시간 반을 바람 부는 군산 꼭대기에 서있었다.

심포지엄 symposium. 빛들이 모여 토론을 한다. 이 문제는 이
렇고 저 문제는 저렇고, 바다라는 공간에 모여서 아주 열띠다.
향연饗宴, 축제로구나. 가족들이 정상에서 깔깔대며 사진을 찍

는다. 아빠, 다리 길게 나오게 찍어야지, 연발 감탄사를 날리면서. 여행은 행복의 향연이다.

각광脚光. 한 곳에 빛이 몰린다. 연극 무대에서 주인공에게 빛을 몰아준다, 풋라이트 footlight를 받은 배우는 부각되고 사람들은 배우에게 집중한다. 군산오름 정상까지 올라온 아이들은 하나같이, 내가 할게요, 한다. 여기까지 온 게 자랑스러운 게다. 멋지다. 각광을 받을 만하다.

하이힐. 길은 사람들을 모은다. 사람들은 길 밖으로 안 나가고 길 위로만 걷는다. 거기에 빛이 있으면 통행이 가피하다. 군산은 접근이 쉽다 보니 굽 높은 부츠를 신고 온 사람도 있다. 대단하다. 보기에는 아찔한데 용케 사진 찍을 거 다 찍고 탄성까지 뱉고 내려간다. 사는 방식이 다를 뿐이다. 하이힐이 높은 언덕인가. 아니지.

아쉬움. 한라산이 보이질 않는다. 행여나, 혹시나, 그래도, 한참을 기다려 봤는데 허탕이다. 젊은 남자 둘이 올라와서는 사진을 마구 찍더니, 휴가 끝나가니 미치겠네, 한다. 아쉽구나. 그 마음 내가 잘 알지. 그래도 젊으니 힘내시게. 내 눈에만 저게 하트로 보이나. 찌그러져도 본질은 그대로다. 하트라고 하자.

하산. 석양을 보겠다는 고집을 꺾고 산에서 내려온다. 바다 구경도 하고, 빛 구경도 하고, 사람들 구경도 잘 했다. 올랐으면 내려가야지. 어차피 순간이다. 영원을 즐길 순 없다. 내려오니 금세 추워진다. 거 보라고. 내려오길 잘 했지.

*군산은 군산오름, 군뫼, 굴메오름으로도 불린다. 202번을 타고 감산 입구 정류장에서 내려 올라갔다. 버스 정류장에서 삼십 분이면 충분하다. 오르막 겁내지 말고 올라가면 풍경이 다 보상을 한다.

걸어서 제주도 한 바퀴, 판포 포구까지 왔다

아침 겸 점심으로 더본 호텔 뷔페를 먹었다. 이것저것 골라 먹는 재미가 있네. 가격도 만오천원이면 참하고, 중문 생활 일주일 남았는데 아쉽네. 일찍 올걸. 백종원 씨 돈 많이 버네. 202번 타고 용수리로 왔다. 날씨가 따근따근하다.

신앙. 용수리 포구에 천주교 성지인 용수성지가 있다. 김대건 신부가 1845년 상해에서 사제 서품을 받고 라파엘호를 타고 귀국하는 길에 풍랑을 만나 표착한 곳이다. 김대건 신부 제주 표착 기념성당과 기념관이 있다. 신앙은 왜 탄생했는가, 지금은 어떤가, 질문을 던진다.

고래와 잠수함. 길을 걷다 뒤를 돌아보니 큰 고래가 바다를 가로질러 가고, 잠수함이 잠망경을 수면 위로 올린 채 고래를 따라간다. 무슨 소리냐, 그렇다면 눈은 더 자세히, 마음은 더 상상의 세계로 다가가시라. 차귀도가 영락없는 고래 모양 아닌가.

완전한 휴식. 제주뿐만 아니라 우리나라 해안가를 걸으면서 바다에 떠 있는 배를 볼 때마다 드는 생각, 배 밑바닥을 싹싹 닦아주고 싶다. 항상 물에 닿아있으니 왠지 그래야만 나도 시원하고 배도 시원할 것 같은. 뒤집혀서 햇살을 받고 있는 배를 보는데 참으로 편안하다. 속이 후련한 휴식처럼 보인다.

언어도단言語道斷. 신창풍차해안을 역광으로 찍으니 한낮인데도 어스름한 저녁나절 분위기네. 시비是非를 가려보자. 싸우자는 건 아니고. 저게 풍차냐, 바람으로 전기를 만드는 풍력 발전기 아녀. 신창풍력발전기해안, 이리 깔끔하게 쓰면 격이 떨어지는 겨. 풍차는 네덜란드에 있는 거, 물 퍼내고 곡식 빻는 거고. 언어로 삶을 포장하거나 왜곡해서는 안 된다. 버릇되면 골치 아프다.

판포 포구. 비양도가 눈에 들어온다. 판포 포구는 생각한 것과는 달리 규모도 작고 쇠락한 느낌이다. 오늘은 여기까지 걷는다. 점점 이동 시간이 길어지네. 걸어서 제주 한 바퀴, 어느새 서쪽 코너를 돌아 판포리까지 왔다. 오늘도 돌고래는 못 봤다. 칫, 어디서 뭘 하는지. 한 번 보자고.

산책, 모슬포에서 송악산까지

밥. 점심으로 제주할망밥상 모슬포점에서 생선구이를 먹는다. 제주시로 거처를 옮기면 먹으러 오기 어렵기에 마지막으로 들렀다. 만 오천 원에 생선 네 종류와 제육볶음이 나온다. 여러 반찬과 함께. 배부르게 잘 먹는 것, 어쩌면 우리가 고생을 하며 사는 진짜 이유이기도 하다.

무. 겨울인데 들판은 수확을 하느라 분주하다. 제주 월동무, 맛있다고 하더만 난 먹어 본 경험이 없다. 보기에도 실하다. 결실, 농사는 끝이 확실해서 좋다. 사람 사는 것도 눈에 딱 보이는 결실이 있으면 좋으련만. 삶은 계속 이어지다 보니 어디를 끊을 수 없어서 그럴 거야. 삶에는 수확이니, 추수니, 하는 이런 시기가 없이 쭉 살아야 하니까.

양배추. 크기가 축구공만 하다. 가까이서 보면 양배추 잎에 힘줄 같은 게 보이는 데다 색도 초록이어서 무지 건강하게 보인다. 성산포에 있을 때 대정읍, 이곳에서 자란 양배추로 만든 즙을 한 달 동안 먹었었지. 내 위뷔는 건강해졌겠지. 멀리 산방산이 양배추처럼 보이네.

감자. 강원도가 고향인 나는 감자를 잘 안 먹는다. 옥수수와 더불어. 최고 존엄은 감자와 옥수수를 좋아하는데. 중국 사람들이 많이 먹는 요리에 감자채볶음(炒土豆丝)이라고 있다. 채 썬 감자를 기름에 볶아내는 건데, 관건은 아삭한 식감이 있어야 한다. 문득, 톈진 사람들이 생각난다. 아, 한 번 가야 하는데.

준비. 추수 끝난 들판에 비닐 멀칭을 해서 농사를 준비한다. 봄에는 뭘 심으려나. 사진 찍겠다고 살금살금 밭에 들어갔는데, 땅이 스펀지처럼 아니 카스텔라처럼 폭신폭신했다. 생명을 잉태할 준비가 되어 있는 대지大地, 농부는 오늘도 대지에 발소리를 남긴다. 나도 한때, 진지하게, 농부를 꿈꿨었는데.

관제탑. 어떤 이는 물탱크라고 하던데, 그게 뭐든 오늘은 산책이니 시비 안 걸고 조용히 지나간다. 내 마음에 평온을 주세요, 이런 거 봤다고 흔들리는 마음은 주지 마세요. 나도 가해자였지 않을까. 세상 살면서 갑이었던 적이 없을 수 있을까. 을의 기억이 창대해서 갑의 실재가 가려진 것이 아닐까. 그만, 산책이나 하자.

송악산. 넓고 낮은 가파도와 작고 높은 마라도가 햇빛 속에 있
다. 오늘은 바람이 세게 분다. 어제보다 체감 온도가 많이 떨어
졌다. 곧 떠날 서귀포, 다시 걸으면 어디가 좋을까 고민하다가
모슬포에서 송악산까지 걸었다. 좋은 걸음이었다. 떠날 때를
안다는 건 어찌 보면 고마운 행운이다.

시내버스로 하는 포장이사

이삿짐 포장을 끝냈다. 캐리어 두 개 배낭 두 개가 전부다. 서부도서관에서 빌린 책은 반납을 했고, 혹시 놓고 가는 게 없는지 한번 둘러본다. 원룸이라 둘러보는데 삼십 초도 안 걸리네. 삶은 역시 간결한 게 최고야. 무겁지 않은 삶, 살아보니 좋네.

오늘 포장이사는 282번, 440번으로 한다. 우선 282번으로 제주터미널까지 간다. 버스가 제주를 가로질러 간다. 창밖 풍경이 좋다. 멀리 바다가 보이네. 한 시간 만에 제주터미널에 도착했다. 440번으로 환승, 고불고불한 골목을 지난다. 오호, 동네가 감성이 있네. 좋은 선택이었어. 서울에서 손님이 와서 점심 사주고 갔다. 땡잡았다. 감사드린다. 꾸벅.

제주 시청 근처에서 여권 사진과 증명사진을 찍었다. 제주 여행이 곧 끝나면 해외 살이를 시작해야 하는데 신분증 헤어스타일과 현재 빡빡이가 일치하지 않아 여권, 면허증, 주민등록증을 변경해야 문제가 안 생길 것 같다. 공항에서 잡히면 큰일 나니까. 제주 와서 처음 본 지하상가다. 딱 명동 지하상가네.

비가 그쳤다. 숙소까지 걸어서 가기로 한다. 이마트에 들러, 쓱 배송 됩니까, 그럼요 됩니다. 한다. 아싸, 별것도 아닌데 둘은 횡재라도 한 듯 좋아한다. 용연계곡을 지나 바닷길을 따라 걷는다. 바다는 언제 보아도 좋다. 새로운 곳에 오니 마음이 콩닥콩닥 뛴다. 여행의 참맛이다.

공항과 가까우니 비행기가 쉴 새 없이 날아다닌다. 떠남을 전제로 하는 것이 여행이다. 그러기에 지금 이 순간에 충실할 수 있는 것이고. 제주 원도심에서 다시 시작하는 한 달 살이, 걸어서 제주 한 바퀴도 완성하고 한라산도 올라가고, 멋지게 한 번 놀아보자. 딩가딩가 하면서.

신촌포구, 삼양해변, 화북포구를 걷는다

조천읍 신촌에서 출발한다. 정류장 앞에 신촌덕인당이라는 빵집이 있다. 지난번에 여기까지 왔을 때 버스가 오는 바람에 먹지 못했는데 오늘은 먹고 걷기로 한다. 보리빵, 팥보리빵, 쑥(단팥)빵, 이렇게 세 종류가 있다. 둘 다 눈이 휘둥그레졌다. 오우, 맛있네.

신촌포구. 사각형 포구는 처음 보네. 볕도 좋고 바람도 순하니 비니를 쓰지 않아도 빡빡 머리가 차갑지 않네. 좋아. 봄이야, 봄. 올 듯 말 듯 밀당을 하더니만 결국 오기로 했나 보네. 계절은 순리다. 다만 우리 인간이 마음으로 조바심을 내는 것뿐이다.

닭머르 해안. 해안을 따라 강태공들이 진을 치고 있길래 뭐를 잡으시나 여쭈었더니 꽁치란다. 잡은 꽁치를 손질하고 있길래 실례를 무릅쓰고 머리를 디밀고 자세히 관찰한다. 어라, 꽁치가 은빛이다. 투명할 정도로. 거 참, 지금까지 내가 먹은 꽁치는 거무튀튀했는데.

가름선착장. 바다 풍경이 온화하다. 저기 오른쪽에 예쁘고 단아한 집이 뭐 하는 곳인 줄 아는가, 해녀의 집, 카페, 민박집, 화장실이다. 무려 공중 화장실. 예전에 변산마실길을 걸으면서 뷰가 거의 특급호텔과 맞먹는 화장실을 발견했었는데, 딱 그런 분위기네. 아주 좋아.

벌랑포구. 어느 것이 물빛이고 어느 것이 하늘빛인지. 점심을 삼형제 시골순대에서 먹었는데 국물 맛이 깊은 데다 친절하기까지 하다. 둘이서 맛집이네, 하며 칭찬하며 걷는데 삼공주 회센터가 나온다. 삼형제, 삼공주, 서로 아는 집인가. 재밌네.

돌. 제주에서 바다와 바람만큼 자주 만나는 오브제. 딱딱하고 생기 없는 돌이 경치와 잘 어울린다. 돌이 쌓여있는 걸 가만히 들여다보면 큰 건 큰 대로, 모난 건 모난 대로, 작은 건 작은 대로 다 쓰임이 있다. 그 쓰임이 하나로 합쳐져서 단단해진다. 무너지지 않는다.

용연. 동문시장에 들러 당근 세 개를 사고, 다이소에 들러 새우깡 네 봉을 사서 용연과 용두암을 지나 걸어서 숙소로 왔다. 새로운 거처에서 시작한 걸어서 제주도 한 바퀴, 용담 포구까지 왔다. 이제 협재에서 용담 포구까지만 걸으면 된다. 살살 걸어보자. 날이 모여 세월이 되고, 천리길도 한 걸음에서 시작하니까.

누님 이야기

여느 때처럼 아침을 먹는다. 최고 존엄께서 무릎이 아프다고 해서 정형외과에 갔는데 튼튼하단다. 며칠 물리치료 받으란다. 중국 부부가 와서 진료를 보는데 우리말을 못한다. 낄까 말까 하다가 내가 나섰다. 간호사 왈, 처음부터 도와주시지. 병원을 나와 길을 걷다가 그 부부를 또 만났다. 하얼빈에서 오셨단다. 내 공덕이 +1 또 추가되었다.

경기도 이천과 강원도 원주 사이에 있는 문막에 누님이 살고 있다. 울산에서 그리로 시집가서 애 둘 낳고 살고 있으니 산 세월로는 가장 오래된 곳이겠다. 애들 이야기가 나왔으니 말인데, 남들 잘 낳는 애 때문에 갖은 고생을 했다. 인공수정에 돈도 많이 쓰고 몸 고생도 꽤 했다.

고생한 이야기를 꺼냈으니 말인데, 그녀는 몸이 많이 약했다. 허리가 아파 수 년을 고생했다. 안마기도 사고, 찜질기도 사고, 한때는 집이 무슨 한의원이나 정형외과 물리치료실 비스름했었다. 결국 서울에 있는 병원에서 수술을 하고 나서야 동네도 돌아다니고 좀 멀리 여행도 간다.

몸 고생 이야기를 했으니 마음고생으로 넘어가 보면, 집이 가난해서 형제들 중에 그녀만 대학을 가지 못했다. 그런데도 어린 나이에 그녀만 부모님 임종을 지켰다. 그래서인지 마음이 안개 같다. 안개가 걷힌 맑은 날, 그녀의 마음은 부러 그러는 것 같고, 아마 혼자 있으면 스스로도 답답한 안개일 것이다. 짠하다. 적어도 내가 보기에는 그렇다.

오십 년 넘게 알고 지냈는데도 솔직히 그녀를 잘 모른다. 나 살기도 참으로 바쁜 세월이었으니까. 그녀가, 내 기억에 약하기 그지없는, 보고 있으면 슬퍼지는, 나보다 겨우 두 살 많은 내 누님이 최고 존엄에게 십만 원을 보냈다. 퇴직하고 제주에서 딩가딩가 노는 동생 내외 맛있는 거 사 먹으라고. 둘은 좋다고, 돈 굳었다고, 깔깔대며 흑돼지 무한리필을 먹는다. 아싸, 이 가격이면 한 번 더 먹을 수 있겠네.

명예와 희망이 뉘 집 강아지 이름이더냐

올레길을 걷다가 바닷가에 앉아 한숨 돌리는데 친구한테 카톡이 왔다. 잘 지내냐, 제주 어떠냐, 명퇴했다,는 소식을 전한다. 잘 지낸다, 좋다, 그러냐, 고 답장을 하고 길을 다시 나서는데 울화가 치민다. 이놈의 울화는 시도 때도 없이 훅 올라온다. 정갈하지 않은 언어, 뒤죽박죽된 언어, 사기 치는 언어를 대할 때 이런 현상이 생긴다.

나는 퇴직, 은퇴, 사표를 날리다, 이런 표현을 쓴다. 있는 그대로, 가감 없는, 화장기 없는 언어가 좋다. 오늘도 얼굴에 선크림 안 바른다고, 몇 년 후에는 백 살 먹은 빡빡이 노인처럼 보일 것이다,며 혼이 났지만 맨얼굴이 좋다. 언어도 그래야 한다. 명예퇴직이 뭔가, 희망퇴직은 또 뭐고. 퇴직하지 않으면 애매한 자리로 발령을 내서 눈칫밥 먹게 만들고, 고만고만한 금액으로 혹 하게 유혹을 해서 퇴직을 종용하고선 명예와 희망을 갖다 부치다니. 썩을.

퇴직이 무슨 호떡집에 불 난 큰일이냐. 맘에 들지 않으면 관둘 수도 있고, 목구멍이 포도청이면 다닐 수도 있고, 일찍 은퇴할 수도 있고, 육십 채워 퇴직할 수도 있지. 개뿔, 명예는 뭐고 희망은 뭐냐고. 예쁜 말 붙여서 다 예뻐지면 내 마빡에도 아름다울 미美 자字 붙이고 다닐란다. 평생 헌신한 사람을 강제로 퇴직시키면서 사탕발림 언어는 쓰지 마라. 치사하잖은가. 명예로운 퇴직이냐, 그러면 회사에서 높은 자리에 있는 명예 좋아하는 당신이 먼저 하든가. 왜, 겁나지.

그렇다는 말이다. 사기詐欺는 무엇인가. 감언이설로 이득을 챙기는 것이다. 오빠 믿어 봐, 밤하늘에 별도 달도 다 따다 줄게, 이런 것이 사기의 전형이다. 사기는 언어로 성립한다. 명예퇴직 안 하고 퇴직하면 불명예 퇴직이냐, 무슨 명예를 챙겨줬다고. 중이 있어야 절이고, 나무가 있어야 숲이고, 사람이 있어야 세상이라고 몇 번을 말했잖은가. 사람을 자르면서 이상한 말, 명예니 희망이니 이런 말 붙이지 마라. 조기도 마찬가지다. 조기퇴직, 물고기냐고.

설령 세상이 허풍을 치더라도, 우리 스스로는 담백하게 살자. 덩달아 부풀리지 말고. 있는 대로 살자. 꼬불치지 말고. 언어로 삶을 포장하지 말고. 산 정상에 있는 사람들 부러워 말자. 어찌 평생 거기 있겠는가. 언젠가는 정상에서 내려와서 옆집 아저씨와 뒷집 아줌마 되지 않겠는가. 날것을 직면하지 않겠는가. 그게 또 뭐가 중요한가. 어차피 남인데. 남들이 겪는 거 다 겪어야 하는 게 인생이다. 순서만 다를 뿐이지. 아 놔. 하필 그때 친구가 카톡을 보내서 명퇴했다고 말하는 바람에 핸드폰에 글 쓰느라 내 손가락만 아프네. 갈 길도 먼 데. 된장.

하얀 파도의 길

버스를 세 번 갈아타고 도착한 구엄포구. 어떤 아저씨가 버스가 느려터졌다고 막 중얼거리면서 화를 낸다. 전용기 타든가 아님 택시라도 타야지. 오늘 걸음은 왠지 기대된다. 어제 내린 비로 하늘은 푸르고 구름은 하얗다. 내일 또 비 소식이 있는데, 비 사이에 낀 맑은 샌드위치 날이다.

구부러진 길. 강원도 횡성에서 태어나 울산에서 자랐고 서울에서 살다가 지금은 제주에 있다. 아, 일산에서도, 중국에서도 살았네. 구부러진 삶이 원래 멋있는 거다. 길도 그렇고 해안도 그렇다. 쭉 뻗은 탄탄대로는 지루하다. 길이 조금 돌아가도 끝에 가서 보면 그게 멋진 길이다. 막 길을 나서는 젊은 친구들, 힘들 내시게.

파도가 부서지며 만들어내는 흰 거품. 포말이라고 해야 하나, 하여튼 저 흰색은 눈이나 구름의 흰색이 아니다. 다르다. 더 하얗고 더 깊다. 아마도 멀리서 달려왔는데 더이상 나아가지 못해서 저리 하얀 것이겠지. 물이 대지에 으깨져서 그런 것이겠지. 둘은 감탄사를 마구 날리며 바라본다.

걸어야만 볼 수 있는 풍경이 있다. 차를 타거나 정지 상태에서는 전혀 볼 수 없는 광경이 있다는 말이다. 확실하다. 걸음은 명상이기도 하지만 관람이기도 하다. 대자연을 제대로 직관하는 방법은 걷는 것이다. 꼭 한번 걸어 보시라. 제주에서 딱 두 시간을 걸을 수 있다면, 구암포구에서 애월항까지 걸으시라.

다음 달이면 떠날 제주, 아쉬움이 많아 야금야금 걷는다. 맛있는 거 아껴 먹는 심정으로. 제주는 한번 와서 느낄만하다. 일상에 감탄이 필요하다면 제주 바다를 추천한다. 걸어서 제주도 한 바퀴, 하얗게 파도가 부서지는 풍경을 보면서 구암포구에서 애월항까지 걸었다.

콜럼버스도 놀랄 큰 발견

발견 하나. 식당 어군.

일단 상에 올라오는 메뉴는 이렇다. 수육, 멜조림, 갈치국, 옥돔구이다. 여기에 여섯 가지 밑반찬이 곁들여진다. 풋고추, 된장, 젓갈, 배추는 빼고. 멜조림은 멸치도 맛있지만 양념을 밥에 쓱쓱 비벼도 꿀맛이다. 갈치국에는 갈치가 세 토막 들었는데 살이 쫀득쫀득하다. 수육은 비계와 살이 어우러져 맛있고 옥돔은 달콤하다. 놀라지 마시라, 이렇게 해서 단돈 만 원이다. 오늘은 갈치 세꼬시가 밑반찬으로 나왔다.

발견 둘. 용두암에 용 대가리는 없다.

동네에 있어 배가 부르거나 할일이 없을 때 자주 가는 곳이다. 용두암에서 이리 보고 저리 보고 위에서 보고 바닷가에 내려가서도 봤는데, 어딜 봐서 용 대가리를 닮았단 말인가. 사람들이, 어머 용두암이야, 사진 찍자. 도대체 어떻게 저리 말을 한단 말인가. 내 눈만 삐었단 말인가. 보시오. 용 머리가 어디 있소이까.

발견 셋. 귤이 한글일까 한자일까.

옛날에는 귀한 것이었으니 한양 궁궐에 사는 나부랭이들이 좋아했을 것이고, 제주 백성들은 그걸 진상하느라 고생을 했을 것이니 한자도 있겠지. 橘, 이게 귤이라는 한자다. 발음도 귤이네. 아, 그러고 보니 남귤북지(南橘北枳)를 학교에서 배운 기억이 나네. 귤은 중국 원조우(溫州)에서 건너왔다.

발견 넷. 우당 도서관 구내식당 황태 해장국.

국립제주박물관 옆에 우당 도서관이 있다. 여기 구내 식당이 가성비 최고다. 이곳에서 가장 비싼 메뉴가 바로 황태 해장국

인데 무려 오천 원이다. 독서도 공짜인데 이런 메뉴가 있다니. 맛은 물론이고 황태도 많이 들어있다. 잔치국수는 이천오백 원인데 훌륭하다.

발견 다섯. 와인 창고.

제주에 본점과 공항점 두 곳이 있다. 본점을 갔는데 가성비 와인부터 종류가 참으로 많았다. 와인 말고도 맥주, 양주, 백주, 사케도 있다. 와인 두 병을 만오천 원 주고 사들고 왔다. 본점 옆에 제스코 마트와 다이소도 있어 한번에 장보기 좋다. 숙소로 오니 최고 존엄께서 계란을 안주로 만들어 주시네. 감사해요.

삶은 발견이다. 발견하는 자는 삶이 충실해진다. 발견은 머리가 아닌 오래 앉아 있을 수 있는 엉덩이 근육과 마구 돌아다닐 수 있는 대퇴 근육으로 이루어진다. 오늘 나처럼 말이다. 이루려 하지 말고 찾아 나서자. 내가 있는 곳이 어디든 보고자 하면 볼 것이다. 산다는 거, 감히 말할 자격은없지만, 남이 못보는 거 보는 능력이다. 발견이다.

삶은 루틴과 감탄을 오가야 한다

정해진 시간에 자고 정해진 시간에 일어난다. 매일 같은 시간에 운동을 한다, 책을 읽는다, 커피를 마신다. 루틴 routine을 우리말로 어찌 옮길지 몰라 그냥 루틴이라 한다. 규칙적으로 하는 일의 방법과 순서를 뜻하는 루틴은 인간이 생존하는 데 있어 소금처럼 중요하다.

과부하가 걸리면 모든 생명체는 사멸한다. 바람이 나무가 지탱할 수 있는 능력보다 세면 나무는 꺾인다. 바람이 주는 과도한 부하負荷를 줄이기 위해 나무는 흔들린다. 나는 이 흔들림을 루틴이라 생각한다. 인간을 예를 들어 비유하자면, 매 순간 뭘 할지 뭘 먹을지 어떻게 할지를 고민하면 스트레스로 쓰러진다는 말이다. 자기에게 맞고 유익한 루틴을 만들어내면 에너지가 분산되는 것을 막을 수 있다. 편안한 상태에 있는 인간이 되는 것이다.

허나, 문제가 있다. 바로 익숙함이다. 우리 뇌는 가치와 선악과 옳고 그름을 판단하지 못한다. 그러기에 알코올 중독과 도박과 범죄가 끊이지 않는다. 뇌는 그저 익숙해질 뿐이다. 뇌는 고민을 가장 싫어하니까. 왜, 자기 에너지가 분산되니까. 익숙함은 자기 스스로는 물론이고 인간 사이에 맺어진 관계도 파괴한다. 술에 익숙하면, 담배에 익숙하면, 폭력에 익숙하면, 밀가루에 익숙하면 자기를 망치고 익숙한 관계에서 실망과 실수가 생긴다. 연애 초기에는 절대 발생하지 않는 일이다.

감탄은 익숙을 이긴다. 우아, 정말, 아, 이런 감탄사를 내뱉을 때 뇌는 비로소 작동한다. 무슨 상황이지, 어떻게 받아들여야 하는 거지, 저게 뭐야. 감탄사가 나올 수 있는 상황에 스스로를 노출시켜야 하는 이유는 감탄이 인간에게 물처럼 중요하기

때문이다. 고이는 물은 썩는다. 오래 머물러 있은 익숙함이다. 흙을 뚫고 나온 새싹은 산다. 새로운 세상을 향한 감탄이다.

일상과 여행, 루틴과 감탄이라는 말로 바꿔도 되겠다. 반복되는 일상을 규칙적으로 가볍게 해낸다. 일상에 에너지를 쓰지 않는 방법을 찾아낸다. 일상이 습관이 되려고 할 때, 익숙해져서 중독이 되려고 할 때, 여행을 떠난다. 여행은 대개 감탄을 동반한다. 생소한 것에 온전히 자기를 노출시켜 뇌를 당황하게 만든다. 에너지를 최대치로 사용하게 된다. 길을 걷든, 홀로 떠나든, 여행은 그래서 지독해야 한다. 감동이 배로 커지니까. 여행을 일상처럼 편하게 하는 건 낭비다. 온전한 삶은 편안한 루틴과 지독한 감탄을 오갈 수 있어야 한다.

걷기 좋은 절물자연휴양림 장생의 숲길

43-1번을 타고 절물자연휴양림으로 간다. 휴양림으로 들어가니 아름드리나무들이 곧게 뻗어 있는 풍경에 넋이 나간다. 숲은 좋은데 관광 온 사람들이 너무 떠들면서 돌아다닌다. 경상도 중년 남녀들이 단체로 왔다. 아, 정신이 없다. 좀 심하구나.

절물자연휴양림을 한 바퀴 돌아보고 비가 내릴 것 같아서 더 걷지 못하고 이튿날 다시 와서 장생의 숲길을 걷는다. 흐린 날씨에 이른 시간이니 아무도 없다. 잠잠한 침묵과 바람이 나무를 흔들어대는 소음만 숲에 가득하다. 이따금씩 까마귀가 소리치는 까악 소리가 나무들 사이로 휘젓고 다닌다.

휴양림에 들어서자마자 오른쪽으로 난 삼울길을 따라 걸으면 장생의 숲길 입구가 나온다. 11km로 절물자연휴양림을 크게 돌아서 다시 휴양림으로 온다. 세 시간 반 정도 걸린다. 길은 아주 편하다. 표시도 잘 되어 있어 걱정하지 않아도 된다.

숲에는 안개가 자욱하다. 밤에 내린 비로 축축하다. 길은 질다. 진 길이 있으니 마른 길 귀한 줄 안다. 나무들은 모처럼 휴식을 취하며 잔뜩 배부르게 수분을 섭취하는 모양새다. 숲이 내 눈에는 그렇게 보인다. 걸어가면서 괜히 나무를 손바닥으로 툭툭 쳐본다. 큰 나무와 악수를 하고 싶다. 이런 숲에 평생을 살면 어떤 느낌인지 물어보고 싶다.

나무는 서로 어찌 소통을 하는지 아는가. 뿌리로 한다. 나무는 뿌리를 최대한 길게 뻗고 잔뿌리를 사방으로 촉수처럼 확장시키고 호르몬 같은 물질을 뿜는다. 다른 나무는 그 호르몬을 잔뿌리로 흡수하고, 이런 식으로 서로 대화를 한단다. 믿거나 말거나, 내 기억으로는 그렇다. 지구 생명체 가운데 인간만이 서로 의사소통을 한다고 생각하는 건 지나치게 올드하지 않은가.

숲은 사진으로 표현하기가 참 어렵다. 숲에는 분위기가 있다. 어떤 사람들이 많이 모여 있으면 그 사람들이 만들어 내는 고유의 느낌이 있다. 소란스럽다든지 우아스럽다든지 싼 티가 난다든지 하는 것처럼 숲도 나무들이 만드는 분위기가 있는데 그걸 잡아내지 못하겠다. 방법은 있긴 한데, 만 번만 찍으면 되겠지.

제주에 와서 숲길을 걷고 싶다면 절물자연휴양림을 추천한다. 길이 원점으로 돌아오니 자가용으로 와도 된다. 버스는 43-1, 43-2, 두 대가 휴양림 앞까지 오는데 공항과 제주 시외버스터미널에서 탈 수 있다. 길은 오르막 내리막도 심하지 않고 거의 평지다. 편안하게 걸을 수 있다. 숲은 깊어 숲향이 그윽하다. 나도 향기가 있는 사람이고 싶다.

아름다운 제주도를 걸어서 한 바퀴 다 돌았다

오늘은 걸어서 제주도 한 바퀴를 완성하는 날이다. 애월에서 협재까지 걷기 전에 든든하게 배부터 채운다. 애월리순메밀막국수에서 평양냉면, 들기름막국수, 비빔막국수, 찡메밀만두, 흑돼지 돔베고기를 시켰다. 밀가루와 첨가제가 단 1도 안 들어갔단다. 사장님이 둘이 다 먹을 수 있냐며 놀라신다. 다 먹은 그릇으로 증명해 드렸다. 사람은 음식만으로도 충분히 행복할 수 있다.

한 발 한 발, 하루하루, 쉬지 않고 걸었더니 어느새 끝에 도달했다. 반짝 화려한 것보다 조금이라도 쉼 없이 하는 게 맞다. 한담해변을 지나는데 파도에 옷을 적셔가면서도 인생 샷을 찍는 젊은 청춘들의 웃음소리가 예쁘다. 살 날이 많이 남았으니 힘든 날도 덩달아 많을 것이다. 늙은 잔소리꾼들 드글드글한 세상에서 부디 용기 잃지 말고 좌충우돌 막 부딪히더라도 당당하게 살아가기를 기도한다.

곽지해수욕장을 지나 한림항으로 전진한다. 가는 길에 군악대가 쿵쿵 짝짝 음악을 울려주면 좋겠네. 실없는 갈매기만 오락가락하는구나. 한림항에 도착해 머지않아 다녀와야 할 테니 비양도 배편을 확인한다. 협재까지 삼십 분 남았다. 협재해수욕장에 있는 스타벅스에서 커피 한 잔 마시기로 한다. 거기서 걸음을 멈추었으니까. 오늘도 바다는 모래와 장난을 치고 있구나.

협재해수욕장까지 왔다. 최고 존엄과 악수로 피날레를 기념한다. 악수하는 손을 셀카로 찍었더니 초점이 잘 안 맞았네. 기억에 오래 남을 것 같다. 스타벅스에는 여전히 사람이 많네. 커피로는 좀 부족했는지 달달한 쿠키와 목이 콱 막히게 퍽퍽한 스콘을 사 온다. 바로 금액의 절반을 입금해 주고 절반을 먹는다. 친구처럼, 타인처럼, 적당한 거리를 두고 늙어가는 것이 중년 부부가 잘 사는 비결인 것 같다. 소꿉장난 같은 은퇴생활이 재미나구나.

사람에 따라 제주도를 즐기는 방법이 100가지 있다고 치면 그 가운데 하나가 걷기일 것이다. 다행히 제주에는 올레길이라는 명품 걷기 코스가 있으니 얼마나 다행인가. 후닥닥 빨리 걸으면 한 달이면 가능할 것 같다. 물론 날씨가 뒷받침을 잘 해준다는 전제가 있어야 하겠지만. 제주도 지도를 놓고 보면 한라산이나 내륙에 있는 오름과 숲을 제외하고는 대부분 관광코스가 해안에 있다. 이것이 제주를 걸어야 하는 이유이기도 하다.

걷기 초보였을 때 인왕산에서 부암동으로 내려가다가 어느 집

대문에 쓰인 글귀였다. 지금까지도 내 가슴에 품고 산다. 아이가 세상에 태어나서 가장 감격스러운 순간이 첫 발을 뗐을 때 아니던가. 이런저런 욕심에 그 감동이 금방 가려지기는 했지만 말이다. 남에게 인정을 받으려 평생 동안 노력하는 게 인생이다. 남들이 치는 박수는 순간이지만 내가 내게 보내는 칭찬은 영원하다. 나를 감동시키는 가장 단순한 방법은 걷는 것이다. 나를 사랑하는 가장 원초적인 기술이기도 하다. 좋은 잠, 건강한 음식과 함께 말이다. 건강하게 먹고, 많이 걷고, 푹 자는 인생이 최고다. 뭐가 더 있겠는가.

도두봉, 친구 그리고 나를 대접하는 하루

날씨가 겨울처럼 차다. 도두봉을 오르는데 바다 풍경이 아주 그만이구나. 오늘도 구름이 뭉게뭉게 열일을 한다. 닭이 왜 여기에 있는 거지. 누가 방목해서 키우는 것인가. 두 마리가 유유자적 동백나무 아래에서 떨어진 동백꽃을 밟으며 돌아다닌다. 닭 볏의 붉음이 동백 꽃의 붉음에 뒤지지 않는다.

도두봉에 오면 이곳에서 사진을 찍어야 한다. 그렇지 않으면 오르지 않은 것이다. 왜, 젊은이들이 그렇다면 그런 것이다. 도두봉은 공항에서 가깝고, 봉峰이라 부르지만 단숨에 오를 수 있는 곳이니 기회가 되면 들르길 추천한다. 겸연쩍어도 줄 서서 당당하게 포즈 잡고 사진을 찍으시라. 그래야 젊게 사는 것이다.

무지개 해안도로, 도두봉 아래에 있는 해안가를 부르는 말이다. 오늘은 날이 차서 사람이 별로 없지만, 날만 좋으면 거짓말 조금 보태면 사람으로 산과 바다를 이루는 인산인해다. 저 알록달록한 곳에 올라가서 하나같이 바다를 보고 있으면 같이 온 친구들은 그 뒷모습을 찍느라 바쁘다.

항상 공부하고, 친구가 멀리에서 찾아오고, 남이 알아주지 않더라도 성내지 않으면 재미난 인생이라고 공자가 말했다. 나는 오늘 이 세 가지 가운데 한 즐거움에 푹 빠져보련다. 有朋自遠方來不亦樂乎, 제주로 오기 전에 친구가 '2월에 제주 갈 테니 그때 보자.'고 했을 땐 그러든가 말든가 긴가민가했는데 진짜로 왔다. 이 친구가 인간인 나를 감히 킹콩으로 분류한 바로 그 작자다.

살면서 가족까지 포함한 타인 말고 오로지 나를 진지하게 대접한 적이 있는가. 그리 많지 않을 것이다. 블로그 이웃 중에 유난히 맑은 '맑았음' 님이 #오늘나를대접한다. #오나대 챌린지에 나를 지명했다. 나를 위해 맛난 거를 대접하라는 지령을 내렸기에 멀리서 온 친구와 최고 존엄을 모시고 〈제주 앞바다 횟집〉에 왔다. 이곳은 애월에 있는 〈애월리순메밀막국수〉 사장님이 운영하는 곳이다. 이런 만찬은 제주에 와서 처음이다. 맑았음 님에게 감사드린다. 덕분에 저를 거하게 대접합니다.

미안하다, 새별오름

애월읍 봉성리에 있는 새별오름으로 간다. 새별오름 입구에 서니 웅장한 모습에 압도당한다. 마치 거대한 무덤 앞에 있는 듯하다. 저 꼭대기에 올라가면 어마어마한 풍경이 있겠지. 이름도 예쁘지 않은가. 헌 별도 아니고 싱싱한 새로운 별이라니. 일단 생긴 모양새며 예쁜 이름은 사람들의 이목을 집중시키기 좋네. 모든 착각의 출발점이다.

오르는 길은 동쪽과 서쪽 두 군데다. 동쪽은 경사가 가파르고 서쪽은 동쪽에 비해 완만하다. 사람들을 따라 행진하듯이 동쪽으로 오른다. 경사가 급하다고는 하지만 거리가 짧아 운동이 될 정도는 아니다. 오르는 내내 정상에서 만날 풍경을 기대한다. 미팅 나갈 때 마음 있잖은가. 큰 기대는 그만한 크기의 실망을 동반할 확률이 높지만, 기대만큼 엔도르핀 endorphin 분비를 증가시키는 것도 없다.

정상에 오르니 멀리 한라산도 보이고, 바다에 곱게 떠있는 듯
한 비양도도 보인다. 동서남북 시야가 뚫려서 시원하다. 역시
기대가 컸던 탓일까. 아니면 보이는 그대로일까. 아주 허당은
아니지만 다소 실망스러운 풍경에 마음이 살짝 상한다. 딱 보
면 안다는 말이 있다. 설명이 길면 구차한 변명이 된다. 예쁜
건 부스스해도 예쁘고, 멋진 건 대충 봐도 멋지다. 아, 해 질 녘
에 와야 하는가.

서쪽으로 내려가는데 들불 축제로 곧 불에 타서 사멸할 시한부 풀들이 바람에 흔들린다. 멀쩡한 들판을 불로 태우는 들불 축제, 그게 뭐 하는 짓인지 또 모를 일이다. 나는 이 나이에 이해가 안 되는 일들이 아직도 이리 많은가. 하늘은 더없이 푸르기만 하다. 블로그를 통해 새별오름을 가 볼 만한 곳으로 추천하는 블로거들을 떠올리니 곡학아세曲學阿世 네 글자가 어른거린다. 마트 진열장에 터질 듯 빵빵하게 과대 포장된 과자도 오버랩이 되고. 또 내 눈만 삐었나 해서 슬쩍 물어본다. 새별오름 어때, 지미봉이 낫다는 최고 존엄의 대답이 바람 소리를 타고 들려온다. 나처럼 은퇴하고 시간이 많다면 모를까, 굳이 찾아서 오를 필요는 없을 것 같다. 미안하다, 새별오름.

천 년의 숲 비자림을 걷는다

비자榧子나무는 예로부터 그 쓰임새가 다양했다. 나무가 단단하면서도 탄력이 있다. 비자나무를 손가락으로 눌러보면 쑥쑥 들어간다. 이런 나무의 특성으로 인해 바다를 항해하는 배를 만드는 데 주로 쓰였다고 한다. 비자나무로 만든 것 중에 명품이 있는데 바로 바둑판이란다. 비자나무의 비榧는 나뭇잎이 비非 자字를 닮은 것에서 유래했다.

비자나무의 열매는 거의 만병통치약으로 쓰였다고 한다. 주로는 구충제 역할을 해서 조선시대에는 비자나무 열매를 진상하기 위해 별도로 관리가 파견될 정도였단다.

열매가 맺히는 나무가 암나무라고 한다. 사진에 보이는 열매는 작년에 맺힌 것으로 자세히 봐야 겨우 보인다.

비자림은 제주의 다른 숲과는 분위기기가 다르다. 산책하기 좋게 만들어져 있어 누구나 찾기 편하면서도 엄숙한 분위기가 서려있다. 비자림이 이처럼 자연에서 무성하게 조성될 수 있었던 건 주변에 있는 다랑쉬 오름과 같은 오름들이 바람을 막아주기 때문이란다. 다랑쉬 오름, 비자림, 송달리를 한 번에 여행하는 것도 좋겠다.

비자나무는 아주 느리게 자란다고 한다. 나이테를 보면 그 나무의 수령을 알 수 있는데 나이테 간격이 넓으면 속성으로 자라는 나무이다. 비자나무 나이테 간격은 거의 1mm 정도 밖에 안 된다고 한다. 그래서일까, 큰 비자나무를 보니 절로 고개가 숙여진다. 자라시느라 수고하셔습니다요. 어르신.

비자나무는 아주 똑똑하단다. 무슨 말인고 하니, 쓸모가 다한 나뭇잎을 스스로 떨군단다. 봄이면 비자나무 밑에 나뭇가지가 소복이 쌓여있는 게 그 증거라는데 언제 한 번 봐야겠다. 해설하시는 분이 그렇다고 하니 그런 것이겠지만 무턱대고 믿는 것도 올바른 삶이 아니니 내 눈으로 꼭 봐야지. 그렇다고 못 믿겠다는 말은 아닙니다요. 해설사님.

비자나무의 향이 그리 좋다고 한다. 향을 느끼려면 4월이 제철이라고 한다. 3월에 제주를 떠나니 아쉽지만 비자향은 다음에 맡아야겠다. 이래저래 지구여행 다 끝내고 나면 제주에서 늙어야겠네. 하얗게 눈이 내린 날도 좋고, 향이 마구 날리는 봄에도 좋고, 여름과 가을에도 더없이 좋다고 하니 제주에 오면 비자림을 방문해 보시라. 혹시라도 아는가, 오래 사는 비자나무가 내뿜는 피톤치드 덕에 우리 생명도 쪼금 더 길어질지.

어둠에 대한 다른 해석, 까만 행복

하루 종일 낯선 곳을 헤맨다. 대열에서 누락된 병사처럼 여기 저기를 기웃거린다. 버스 정류장의 지루한 기다림은 일상이 되었다. 평생 동안 치열하게 살았던 그곳과 그 사람들은 다른 태양계처럼 아득히 멀게만 느껴진다. 이제는 몸과 하나가 되어버린 작은 배낭을 짊어진 여행자는 해가 저물 즈음 단칸방 숙소를 찾아든다. 딸깍, 불을 끄고 침대에 몸을 누이면 까만 어둠이 몰려오고, 나른한 몸뚱이는 그 어둠 속으로 침몰한다. 아주 깊은 그러나 티라미수만큼 달달한 휴식이다.

세 시, 조금 더 자면 네 시에 눈을 뜬다. 서울 내 집에 있었으면 다시 딸깍 불을 켜고 책을 읽든 핸드폰 세상 속으로 들어갔을 텐데, 단칸방 여행자는 옆에서 곤히 자는 최고 존엄을 생각해 가만히 천정만 바라본다. 어둠이 살짝 걷혔지만 여전히 까만 방이다. 곧 올릴 블로그 제목이 떠오른다. 너무 뻔한 제목인가, 그건 낚시용 같잖아, 날씨는 어떠려나, 소리 안 나는 냉장고를 만들면 잘 팔릴까, 스페인 물가 장난 아니던데 가지 말까, 생각이 꼬리에 꼬리를 물고 행진을 한다. 어둠이 나를 온전히 나에게만 집중하게 만든다.

에메랄드 빛 물결이 찰랑거리고 햇빛은 그 물결에 윤슬을 만들고 있다. 해변 벤치에 앉아 다리를 앞으로 뻗고 몸은 뒤로 눕히고 머리를 벤치에 걸친다. 영락없는 불량한 동네 형님 자세다. 게다가 머리는 빡빡이다. 눈을 감는다. 밝은 세상은 사라지고 까만 어둠이 찾아온다. 햇빛이 내 몸에도 윤슬을 만드는지 간지럽다. 아주 잠깐 어둠의 포로가 된다. 파도 소리도 묵음으로 변한다. 눈만 감아도 이리도 평안한 건 어둠 때문이겠지.

제주 숲길을 걷는다. 높이 솟은 나무를 올려다보며 사진을 찍고서는 물속에서 참았던 숨을 물밖으로 나오며 토해내듯 감탄을 뱉는다. 하늘을 향해 뻗어나가는 나무는 언제 보아도 아름답다. 다음 생生은 나무로 살아볼까. 발길을 돌리는데 나무 밑동이 눈에 들어온다. 늙은 농부의 손처럼 거친 뿌리가 얼기설기 얽혀서 땅 속으로 처절하게 기어들어 간다. 나무가 저리 번성하며 머리를 하늘로 치뻗으며 사는 것도 뿌리가 어둠에 있기 때문이구나.

상상할 수 없는 온도로 끓어오르며 밝게 빛나는, 우리 계系의 대장 태양도 우주에서는 그저 누르스름한 별빛이다. 까만 우주에서 살짝 빛나는, 마치 깜깜한 단칸방에서 그 형체만 슬쩍 보일 정도인 전등 같은 존재. 어머, 별들을 좀 봐. 밤하늘의 별을 보면서 이리 감탄을 하지만 자기들 세상에서는 태양인 그 별들이 밝게 보이는 건 까만 우주 때문이다. 이러고 보면 밝음은 바쁨이고 소비고 몰락이다. 오히려 어둠이 휴식이고 생명이다. 힘듦도, 실패도, 배척도, 길 잃음도 모두 어둠의 영역이라 여기지만 사실 그 속에서 생명이 탄생한다. 그러니 어둠은 까맣지만 행복하다.

'아쁜' 제주에서 숨이 탁 트였다

희망을 해서든 명예를 지키려는 알량한 의도이든 평생을 다닌 직장에서 전직이 아닌 퇴직을 한다는 건 보기에는 쉬워도 결행하기까지는 셀 수 없는 날들을 뜬눈으로 보내야 하는 일이다. 쓩 날린 사표가 처리도 되기 전에 남은 연차를 홀라당 써서 제주로 왔다. 딱 석 달을 제주에서 살았다. 은퇴를 고민하는 내내 답답하고 숨이 막혔다. 가랑비처럼 생각이 오락가락했다. 결정하고 나서도 지나간 버스를 하염없이 쳐다보는 심정이었다. 그랬는데, 제주에 와서 막혔던 숨통이 탁 트였다.

제주에 오래 머물기 전에는 그저 우리나라 최고 관광지라는 인식만 있었다. 은퇴 여행지로 제주를 선택한 것은 따뜻하고 올레길이 있다는 이유에서였다. 큰 기대도 없었고, 멋지게 해외로 나가고 싶었는데 이런저런 이유로 잠깐 머무는 곳으로 여겼다. 삼십 년을 다녔는데 그 무게와 회한이 외투 벗듯 그리 쉬울 거라 생각하지는 않았지만 제주였기에 수월하게 벗어던질 수 있었다. 자유를 찾았다.

제주는 아픈 곳이다. 제주를 여행하면서 사람과 관련된 모든 것은 지독한 아픔이라는 걸 알았다. 일제 강점기에 사방에 땅굴을 파느라 얼마나 큰 고초를 겪었을 것이며, 뒤이어 찾아온 4.3은 한마을 사람들의 제삿날을 한날로 만들기도 했다. 살아남은 남자들은 증오로 또는 증명해 보이기라도 하려는 듯 6.25에 뛰어들었다. 시장은 물건을 파느라, 밭에는 무를 뽑느라, 바다에는 고기를 잡느라 바쁜 제주의 일상을 보면서 사지 육신 멀쩡하게 대기업 다니다 퇴직한 나는 안락하다는 것을 알게 되었다. 배부른 고민에 빠진, 고민하기 위해 고민만 하는 내가 보였다.

제주는 예쁜 곳이다. 바다를 보라. 성산 바다는 용맹스럽고, 서귀포 바다는 드넓게 잔잔하고, 협재는 자기가 하늘인 양 푸르다. 아, 함덕은 또 어떠한가. 거기에 숲은 얼마나 우람한가. 눈 내린 사려니 숲은 중년 아저씨의 가슴을 뛰게 했고, 한라산둘레길의 그 깊은 아름다움이란, 절물과 비자림은, 다랑쉬와 지미봉과 도두봉 같은 오름은 또 얼마나 호쾌한가. 예쁜 곳에 있으니 나도 뜻하지 않게 어쩌자고 이 나이에 예뻐져버렸다. 직장 생활 삼십 년을 남하고 싸우고 경쟁하는 기술로 버텼는데 그 화려한 싸움 기술을 다 잊어버렸다. 생긴 것과는 반대로 순한 양이 되었다.

아프지만 예쁜, 〈아쁜〉 제주에서 세 달. 핸드폰으로 매일 글 한

편을 블로그에 올리느라 오른손 두 번째 손가락은 부상을 입은 듯 아리지만 글 솜씨는 구구단을 외는 수준에서 사칙연산을 해내는 정도로 진보했다. 핸드폰으로 사진을 찍는 기술도 장족의 발전을 했고, 단칸방에서 중년 부부가 알콩달콩 사는 비결도 터득했다. 노후 고민 첫 번째 아이템인 돈에 대해서도 윤곽을 잡았으니 근심이 사라졌다. 스스로 느끼는 만족의 수치가 상승했으니 이것이 행복 아니겠는가. 아, 지나치게 자주 먹은 새우깡과 알코올은 제주 살이의 어두운 면이라 할 수 있겠네.

여행은 떠남을 전제하기에 하루가 애틋하다. 인생 통장에서 생으로 하루가 빠져나가니 어찌 애석하지 않겠는가. 우리가 사는 삶도 여행인데 순간이 아니라 영원한 것처럼 생각한다. 그도 그럴것이 한 곳에서 반복되는 일상을 사니 그럴만도 하겠다. 제주에서 나는 '시한이 정해진 것이 인생이다.' 는 단순한 진실을 인정했다. 큰 진리에 무릎을 꿇고 굴복했더니 숨이 탁 트였다. 제주가 나를 더 넓은 세계로 떠나게 했다. 땡큐, 제주.

재주도 좋아. 제주로 은퇴하다니

유쾌한 퇴사 여행 국내 편 : 제주 세 달 생활 도전기

발행일 | 2023년 5월 17일

지은이 | 박경식
펴낸이 | 마형민
기　획 | 윤재연
편　집 | 신건희
펴낸곳 | (주)페스트북
주　소 | 경기도 안양시 안양판교로 20
홈페이지 | festbook.co.kr

ISBN 979-11-6929-260-3 03810
값 15,000원

* (주)페스트북은 '작가중심주의'를 고수합니다. 누구나 인생의 새로운 챕터를 쓰도록 돕습니다. Creative@festbook.co.kr로 자신만의 목소리를 보내주세요.